AF756694

www.ingramcontent.com/pod-product-compliance
Lightning Source LLC
LaVergne TN
LVHW010842051026
849532LV00007B/2790
* 9 7 8 9 3 6 9 0 8 0 9 1 5 *

منتخب عصری افسانے

(حصہ : 4)

(سہ ماہی 'ثالث' کے خصوصی شمارے سے منتخب خواتین کے افسانے)

مرتب:

اقبال حسن آزاد

Muntakhab Asri Afsane - 4 *(Short Stories Anthology)*
by: Eqbal Hasan Azad
Edition: February '2025
Publisher :
Taemeer Publications LLC (Michigan, USA / Hyderabad, India)

ISBN 978-93-6908-091-5

کتاب	:	**منتخب عصری افسانے (حصہ:4)**
مرتب	:	**اقبال حسن آزاد**
صنف	:	فکشن
ناشر	:	تعمیر پبلی کیشنز (حیدرآباد، انڈیا)
سالِ اشاعت	:	۲۰۲۵ء
صفحات	:	۹۲
سرورق ڈیزائن	:	تعمیر ویب ڈیزائن

فہرست

● نیلم احمد بشیر

خَلا

مہمانوں کے آنے سے پہلے فضیلہ نے اپنے بیک یارڈ پر ایک طائرانہ نظر ڈالی۔ سب کچھ کتنا خو بصورت لگ رہا تھا۔ نفاست سے کٹی ہوئی ہری گھاس، ٹراپیکل پھولوں والے سرامک کے نمائشی گملے، لان کے ایک طرف نیلے نگینے کی طرح چمکتا ہوا بڑا سا سوئمنگ پول اور اس کے پانی سے اٹھتی کلورین کی مہک، اطراف میں بچھی پکنک ٹیبلز پر ہر طرح کا سامان خورد ونوش۔

''بڑی گرینڈ پارٹی لگ رہی ہے۔ فیزی!'' فضیلہ کے شوہر طارق احمد نے پارٹی کی تیاریاں دیکھ کر اپنی بیوی کے گلے میں بانہیں ڈال دیں۔

''بس دیکھ لیں تیاری، آپ کو تو پتہ ہی ہے آپ کی بیٹر ہاف کی پارٹیاں کتنی سپیشل ہوتی ہیں۔ مہینوں اپ سٹیٹ نیویارک کی پاکستانی کمیونٹی میں چرچے ہوتے رہیں گے ہمارے۔'' فضیلہ اترا کر بولی اور قریب جا کر میزوں کو چیک کرنے لگی کہ کہیں کوئی کمی نہ رہ گئی ہو۔ ہر میز پر سفید میز پوش بچھا تھا جس پر بجی اعلیٰ کوالٹی کی ایسی خوبصورت ڈسپوزیبل پلیٹیں اور گلاس رکھے تھے جو دور سے بالکل اصلی چائنا کے لگتے تھے۔ باربی کیو انگیٹھیاں پہلے ہی جلا دی گئی تھیں جن پر سنکتے ہوئے سیخ کباب، چکن پیس اور یو ایس ڈی اے گریڈ ون کے بیف سٹیک کی اشتہا انگیز خوشبو چاروں طرف پھیل رہی تھی۔

''یار فیزی! تم نے تو کمال ہی کر دیا۔'' طارق زور زور سے ہنسنے لگا۔

''پلیز تاری! ابھی سے ٹپسی ہونے لگے تو آگے جا کر کیا ہوگا۔ ابھی تو پوری شام پڑی ہے۔'' فیزی نے خود سے چپکتے طارق کو اپنے سے علیحدہ کرتے ہوئے اس کا ڈرنک چھین لیا اور خود پی گیا۔

''یو آر اے ڈیول'' طارق نے اسے بھینچ لیا اور دونوں ہنس پڑے۔ ان کی نظریں اپنے ملین ڈالر ہاؤس پر پڑیں اور مسرت و اطمینان سے بھر گئیں۔ اللہ نے انہیں کتنا نوازا تھا۔ روپے پیسے کی ریل پیل اور آپس میں محبت۔ ایک ہونہار، فرمانبردار پیارا سا بیٹا اور اس کی آئندہ زندگی کے خوشگوار خواب، انہیں اور کیا چاہئے تھا؟ آج وہ بے حد خوش تھے کیونکہ ان کے بیٹے عمران نے اپنے ہائی سکول سے آنرز سٹوڈنٹ اعزاز

کے ساتھ گریجویشن کیا تھا اور سپورٹس میں بھی ڈسنکشن (Distinction) حاصل کی تھی۔ وہ چاہتے تھے کہ ساری کمیونٹی والے عمران کو کامیابی کی راہوں پر گامزن ہونے پر اپنی نیک تمناؤں سے نوازیں اور ان کی خوشیوں میں شریک ہوں، ہنسیں بولیں، ہلہ گلہ کریں کیونکہ زندگی کی کامیابیوں کو اپنے دوستوں سے شیئر کرنا وہ بہت ضروری سمجھتے تھے۔ عمران کو کاؤنٹی سکولوں کے مابین مقابلوں میں بھیجا جاتا تھا، جہاں سے وہ ہمیشہ ٹرافیاں جیت کر لاتا اور اپنے سکول اور ٹاؤن کا نام روشن کرتا۔ مقامی اخبارات میں اس کی کامیابیوں کی خبریں اور تصاویر چھپتیں اور سب سے شاباش ملتی۔ طارق اور فضیلہ کا سر فخر سے اونچا ہو جاتا اور وہ بیٹے کو سو سو دعائیں دیتے۔

امریکہ میں ہر طرح سے کامیاب زندگی گزارنے کے باوجود فضیلہ اور طارق احمد کے دلوں میں وطن کی محبت زندہ تھی۔ وہ باقاعدگی سے پاکستان جاتے اور کئی اداروں اور این جی اوز کو غریبوں کی مدد کرنے کے لیے موٹے موٹے چیک دیتے رہتے۔ طارق اپنے بیٹے عمران کو پاکستان کے بارے میں بتاتے اور یاد دلاتے ہوئے کہتے "وہ بنیادی طور پر ایک پاکستانی امریکن بچہ ہے، اسے اپنی اصلیت، شناخت اور حقیقت کو نہیں بھولنا چاہیے۔ جو لوگ اس بات کا خیال نہیں رکھتے، ان کی آئندہ نسلیں بھٹک کر رہ جاتی ہیں بیٹا۔" کبھی کبھار وہ عمران کو ایک کہانی سناتے اور کہتے "سنو عمران! امریکہ دریافت کرنے کے بعد جب کولمبس اپنا سفینہ لے کر وطن واپس لوٹا تو اس کے عملے میں شامل ایک قیدی عورت دوڑ کر ساحل پر اتری اور بے تابانہ اپنی جنم بھومی کو بوسے دینے لگی۔ وطن کی محبت ایسا ہی طاقتور جذبہ ہوتا ہے بیٹا۔ وہ عورت میری آئیڈیل ہے اور میرے خیالوں میں بستی ہے۔ ہمیں اپنی اصل کو کبھی نہیں بھولنا چاہیے عمران بیٹا۔" عمران اپنے ڈیڈ کی باتیں سن کر مسکراتا اور انہیں ہمیشہ یاد رکھنے کا وعدہ کرتا۔

عمران ہائی سکول کے بعد کالج میں ایسے کورسز لینا چاہتا تھا جو اسے ایئر و ناٹک فیلڈ میں لے جانے میں مددگار ثابت ہو سکیں۔ اسے بچپن سے ہی خلا باز بننے کا بہت شوق تھا۔ اس کے والدین اس کے اس عزم میں اسے مکمل طور پر سپورٹ کرتے تھے اور کیوں نہ کرتے۔ ان کے پورے خاندان میں، جن میں امریکہ میں بسنے والے کئی بہن بھائی اور کزن رشتہ دار شامل تھے، کسی کے بچے نے بھی کبھی اس طرف جانے کی خواہش یا ارادہ ظاہر نہیں کیا تھا۔

"میں تو اس دن کے انتظار میں جی رہا ہوں کہ میرا بیٹا کسی بڑے ناسا مشن میں جائے اور کامیاب لوٹے۔ ایک آدھ ستارہ تو ہماری گود میں لا کر ڈال ہی دے گا نا۔" طارق سوچتے اور پھر سارے گھر میں گنگناتے پھرتے، "ستاروں سے آگے جہاں اور بھی ہیں...... "محبت مجھے ان جوانوں سے ہے، ستاروں پر جو ڈالتے ہیں کمند"...... عمران اپنے والد سے ان اشعار کا مطلب پوچھ کر مسکراتا اور ان کا یہ خواب پورا کرنے کا وعدہ کرتا۔ تھوڑی ہی دیر میں مہمان آنا شروع ہو گئے اور ہیلو ہائے، السلام علیکم کی ملی جلی آوازیں رنگین غباروں کی طرح فضا میں تیرنے لگیں۔ کمیونٹی کی معتبر شخصیات، قونصلیٹ کا عملہ، دوست احباب سب

ایک دوسرے سے ہیلو ہائے کر رہے تھے اور حال احوال پرچھ رہے تھے۔ طارق تیس سال سے یو ایس اے میں ایک کامیاب کارپٹ ایکسپورٹر کے طور پر اپنی ساکھ قائم کر چکے تھے اور آج ان کے اکلوتے بیٹے کی گریجویشن پارٹی تھی۔ ایسا ہنگامہ تو ہونا ہی تھا۔

''السلام علیکم ورحمتہ اللہ'' فیزی کے گلے سے لگنے والی نرم کومل آواز والی خاتون بولی۔

''روزی تم؟ یہ کیا حلیہ بنا رکھا ہے بھئی؟ تم نے تو مجھے ڈرا ہی دیا۔'' فضیلہ مکمل طور پر برقع پوش خاتون کو دیکھ کر حیرت سے کہنے لگی۔

''کم آن روزی، ہمیں بتا دیا ہوتا تو ہم بھی فینسی ڈریس پہن کر آجاتے۔'' فضیلہ اور روزی کی مشترکہ دوست رشمی ہنس ہنس کر دہری ہونے لگی۔

''فار گاڈز سیک پلیز، تم دونوں خدا کا خوف کرو...... یہ فینسی ڈریس نہیں ہے۔ اب میں ہمیشہ اسی لباس میں رہتی ہوں۔ ناؤ آئی ایم بورن اگین مسلم۔ یو نو، اللہ تعالیٰ نے ہم عورتوں کے لیے یہی ڈریس کوڈ تجویز کیا ہے تو ہمیں اسی طرح رہنا چاہئے اور اب پلیز مجھے آئندہ سے روزی نہیں، رضیہ کہہ کر بلایا کرو۔''

''اوہ آئی ایم سوری......'' رشمی کچھ سنجیدہ ہوگئی۔ فضیلہ بھی اپنی پرانی سہیلی کی اس بدلی ہوئی ہیئت کو دیکھ کر پل بھر کو ٹھٹھک کر رہ گئی۔ اسے یقین نہیں آرہا تھا کہ یہ وہی روزی ہے جسے لاس اینجلس کی لائٹ آف دی پارٹی کہا جاتا تھا۔ اس کی ڈرنکنگ، ڈانسنگ، اور مردوں سے بے تکلفی کی داستانیں ویسٹ کوٹ سے نکل کر ایسٹ کوسٹ تک پھیل چکی تھیں۔ روزی کے بارے میں مشہور تھا کہ وہ شرط لگا کر جس مرد کو چاہے اپنی طرف مائل کر سکتی تھی۔

''اچھا میں ذرا مغرب کی نماز پڑھ آؤں۔ وقت نکلتا جا رہا ہے۔ ایکسکیوز می۔'' رضیہ اپنی سہیلیوں کو حیران پریشان چھوڑ کر گھر کے اندر چلی گئی۔

''کتنا چینج آگیا ہے اس میں۔'' رشمی کہے بغیر نہ رہ سکی۔

''یہ نائن الیون تو ہماری جان کو ہی آگیا ہے۔ جسے دیکھو اسلامک فنڈامنٹلسٹ بنتا جا رہا ہے یہاں۔ کیا ہوگا اس قوم کا آخر؟''

''سب نے برقعے، حجاب اور عبائیں پہن لی ہیں۔ خدا خیر ہی کرے۔'' دونوں سہیلیوں نے روزی کی کایا پلٹ جانے پر اپنے اپنے تبصرے شروع کر دیئے۔

سوئمنگ پول کے اردگرد پارٹی زوروں پر چل رہی تھی۔ ڈیک سے موسیقی فل بلاسٹ پر لگی ہوئی تھی اور نوجوان لڑکے، لڑکیاں ایک دوسرے کے ساتھ چھیڑ خانی میں مصروف نظر آرہے تھے۔ عمران کے ہم جماعتوں میں گورے، کالے، میکسیکن، چینی، ہسپانوی، ہر نسل کے بچے شامل تھے۔ خوش باش، کھاتے پیتے،

مسکراتے بچوں کو دیکھ کران کے ماں باپ بھی خوش تھے کہ سب اتنا گڈ ٹائم انجوائے کر رہے ہیں۔کوئی پول میں نہار ہا تھا تو کوئی کسی کو پول میں گرار ہا تھا۔کوئی میز پر تھرک رہا تھا تو کوئی تصویریں کھنچوا تا ہوا پھڑک رہا تھا۔عمران اپنے دوستوں کو آلو کے چپس اور سافٹ ڈرنکس پکڑا تا جار ہا تھا اور خوش تھا کہ وعدے کے مطابق اس کے تقریباً سبھی کلاس فیلوز پارٹی میں شریک ہونے کے لیے آگئے تھے۔

''ماشاءاللہ بڑا پیارا نکل آیا ہے عمران بیٹا۔''ایک آنٹی نے پاس آ کر پیار سے اس کے سر پر ہاتھ پھیرا۔

''کیوں نہ ہو،آخر بیٹا کس کا ہے۔''طارق احمد فخریہ انداز میں ہنس کر کہنے لگے۔

''ہاں ہاں جب کسی بات کا کریڈٹ لینا ہو تو یہ آپ کا بیٹا بن جاتا ہے اور جب اس سے کوئی شکایت ہو تو یہ صرف میرا بیٹا ہوتا ہے۔''فضیلہ مصنوعی غصے سے بولی تو طارق نے اپنی منہ بسورتی بیوی کے منہ میں آئس کریم کا چمچ ڈال دیا اور سب ہنسنے لگے۔

پارٹی اتنی زبردست تھی کہ کمیونٹی میں ہفتوں اس کا چرچا ہوتا رہا۔دور دور کی ریاستوں سے ان دوستوں نے جو بوجوہ شریک نہیں ہو سکے تھے،مبارکباد کے فون کئے اور پارٹی مس کرنے پر افسوس کا اظہار کرتے رہے مگر تحفے بھجوانے میں کسی نے کنجوسی نہیں کی۔عمران کے لیے چیزوں کا انبار لگتا چلا گیا اور فضیلہ اور طارق انہیں سمیٹنے لگتے حالانکہ عمران کے پاس پہلے ہی بھلا کس چیز کی کمی تھی۔

گریجویشن کے بعد لمبی موسم گرما کی ایک تعطیل تھی اور پھر ستمبر میں کالج میں داخلہ ہونا تھا مگر کچھ عرصے سے طارق اور فضیلہ محسوس کر رہے تھے کہ سمسٹر قریب آتے آتے عمران اپنے داخلے میں کوئی خاص دلچسپی کا اظہار کرتا نظر نہیں آرہا۔اس کی بھلا کیا وجہ تھی؟ عمران جیسا تعلیم پسند بیٹا نہ کالج کے پلانز بنار ہا تھا اور نہ ہی ان سے کچھ زیادہ ڈسکس کر رہا تھا۔

''عمران بیٹا! تم نے اپنے کاغذات مکمل کر کے یونیورسٹی کو بھجوا دیئے ہیں نا؟''ایک روز طارق نے اسے ناشتہ کی میز پر گھیر لیا۔

'''ابھی نہیں ڈیڈ، میں آج کل ذرا کچھ مصروف ہوں۔''عمران مزید کچھ کہے سنے بغیر اچانک کھڑا ہوا اور کمرے سے باہر نکل گیا۔

ایک روز ڈیڈ نے اسے پھر جالیا۔''دیکھو بیٹا! اگر تم نے واقعی خلاباز بننا ہے تو گھر بیٹھے تو نہیں بنو گے۔اس کے لیے کالج تو جانا ہی ہوگا۔پری کورسز کے بغیر ناسا پروگرام میں کیسے داخل ہو گے،سمجھ آرہی ہے یا نہیں؟''طارق کا لہجہ کرخت ہو گیا۔فضیلہ نے شوہر کو آنکھوں ہی آنکھوں میں سرزنش کی کہ اتنا غصہ نہ دکھائیں۔

''بیٹا! ڈیڈ کیا کہہ رہے ہیں، کچھ سنا تم نے یا نہیں؟''ماں نے پیار سے بیٹے کے آگے چکن کا پیس

رکھتے ہوئے پوچھا۔

''مام، ڈیڈ! میں آپ دونوں سے کچھ کہنا چاہتا ہوں۔'' عمران کے چہرے پر ایک عجیب سی سنجیدگی چھا گئی۔ ''دراصل میں فی الحال آگے نہیں پڑھنا چاہتا۔'' کمرے میں ایک بم سا پھٹا اور در و دیوار لرزنے لگے۔

''کیا کہا؟ واٹ نان سینس؟ کیوں نہیں پڑھنا چاہتے؟ پڑھو گے نہیں تو کرو گے کیا؟ یہ کیا امریکن بچوں والی بات ہے۔ ہائی سکول نہ کالج ختم کیا۔ کوئی Odd job کر لی، گیس سٹیشن پر گیس بھری۔ Hourly wages پر کام کیا، پھر Quit کیا۔ نہ کوئی تعلیم نہ تربیت، نہ کوئی مستقبل کا منصوبہ۔'' طارق غصے سے چیخنے لگے۔

''بیٹا ہم امریکیوں جیسے حرکتیں نہیں کر سکتے۔ ہم ایشین لوگ ہیں، ہم لوگوں کے زندگی میں Goals ہوتے ہیں، پلانز ہوتے ہیں، ہم اپنا وقت ضائع نہیں کر سکتے۔'' فضیلہ تحمل سے بات کرنے لگی۔

''آپ لوگ ایشین ہیں، میں نہیں۔ میں امریکن ہوں کیونکہ میں اسی سرزمین پر پیدا ہوا ہوں۔ آپ مجھے اپنی طرح سوچنے پر مجبور نہیں کر سکتے۔'' عمران پورے اعتماد سے ماں باپ کی آنکھوں میں آنکھیں ڈال کر بولا۔

''ہائے اللہ پڑھو گے نہیں تو کرو گے کیا؟ باہر گھوم پھر کر آوارہ گردی؟ امریکن بچوں کی طرح، شراب، ڈرگز، بدکاری، ان لوگوں کا تو نہ ماں ہے نہ باپ، مگر تم ہمارے بیٹے ہو۔ ہم تمہیں یوں بگڑنے کے لیے نہیں چھوڑ سکتے۔'' فضیلہ بھی چیخنے لگی۔

''میں آوارہ گردی نہیں کروں گا مام!'' عمران نے اسے پیار سے چھوا۔

''تو کیا کرو گے گھر بیٹھ کر؟'' طارق نے فضیلہ کی طرف دیکھ کر سر پکڑ لیا۔ ''مجھے سمجھ میں نہیں آ رہا ہے کہ صاحبزادے کے ارادے کیا ہیں؟''

''میں شادی کروں گا، مام! ڈیڈ!!'' عمران بڑے اطمینان سے بولا۔

''شادی؟ یہ شادی بیچ میں کہاں سے آ گئی؟ ابھی شادی کا کیا ذکر؟ ابھی تو تم بچے ہو۔ بیٹا عقل کرو۔ ابھی تمہاری عمر ہی کیا ہے؟ شادی بھی وقت آ جانے پر ہو جائے گی۔ یہ وقت تمہاری تعلیم کا ہے۔'' فضیلہ نے پیار سے کہا۔

''کون ہے وہ؟ ڈاکٹر عنایت کی بیٹی نادیہ تو نہیں؟'' فضیلہ نوٹ کر رہی تھی کہ کچھ دنوں سے اس کے کافی فون آ رہے ہیں۔

''نو مام، وہ تو صرف میری دوست ہے۔'' عمران کچھ نروس سا نظر آنے لگا۔

''تو پھر؟ ہائے کہیں کوئی امریکن لڑکی تو نہیں؟'' فضیلہ کی آنکھوں تلے اندھیرا چھا گیا۔

''کیا پاکستانی لڑکیوں کی کوئی کمی ہے امریکہ میں؟'' فضیلہ کی آنکھیں بھیگنے لگیں۔

''ملوادوں گا آپ لوگوں سے اسے.....آج ہی..... مام! ڈیڈ!! آئی ایم سوری، آپ کو دکھ ہوا، لیکن بس میں اب کیا بتاؤں۔ مینڈی اور میں ایک دوسرے کے بغیر نہیں رہ سکتے۔ بہت پیار ہے ہمیں ایک دوسرے سے۔ پلیز ٹرائی ٹو انڈرسٹینڈ۔'' عمران ماں باپ کو حیران پریشان چھوڑ کر کمرے سے باہر نکل گیا اور وہ سوچنے لگے، جب ہیروشیما پر ایٹم بم گرا تھا تو کیا وہاں کے باسی بھی اسی طرح اپنی اپنی جگہ پر بیٹھے راکھ کی ڈھیریوں میں تبدیل ہو گئے تھے؟''

کیا ہم سے کوئی غلطی ہوئی ہے فیزی؟'' طارق نے بچوں کی طرح روتے روتے فضیلہ کی گود میں سر دے دیا اور وہ خاموشی سے اسے تھپکا کر اپنے آنسو پونچھنے لگی۔

اگلے چند دن کچھ عجیب سی خاموشی میں کٹے۔ عمران صبح سویرے نکل جاتا اور رات گئے گھر واپس آتا۔ ماں باپ سے بھی کم ہی ملاقات ہوتی۔ نہ جانے کہاں رہتا تھا وہ؟ فضیلہ اٹھتے بیٹھتے اس امریکن چڑیل کو کوسنے اور بددعائیں دیتی رہتی جس نے اس کے معصوم بیٹے پر جادو کر دیا تھا۔

''فیزی، ٹیک اٹ ایزی۔ کیا پتہ وہ اچھی لڑکی ہو۔ شاید وہ ہماری بیٹی بن جائے۔ آخر ہماری کوئی بیٹی بھی تو نہیں ہے ناں.....شاید اس میں خدا کی کوئی مصلحت چھپی ہو۔ آخر ہم اپنا اکلوتا بیٹا کھونا تو نہیں چاہتے نا۔'' طارق بیوی کو سمجھاتے رہے۔

''ہیلو مام! ڈیڈ!!'' عمران نے ایک شام گھر میں گھستے ہی انہیں پیار سے مخاطب کیا اور پھر کسی کو دروازے کے پیچھے چھپتے ہوئے دیکھ کر آواز دی..... ''مینڈی، اندر آجاؤ.....ڈونٹ بی شائی۔'' چند لمحے مکمل خاموشی رہی، پھر عمران اٹھا اور اس کا ہاتھ پکڑ کر اسے ان کے سامنے لا کر کھڑا کر دیا۔ فضیلہ اور طارق کا سانس اوپر کا اوپر اور نیچے کا نیچے رہ گیا۔ اس کالی لمبی تڑنگی لڑکی کو انہوں نے عمران کی گریجویشن پارٹی میں دیکھ تو رکھا تھا لیکن شاید زیادہ قریب سے نہیں کیونکہ موٹے موٹے ہونٹوں، بڑی بڑی آنکھوں اور پیٹ کے نمایاں ابھار والی آبنوسی لڑکی کو کسی طور بھی نظر انداز نہیں کیا جا سکتا تھا۔

''اوہ مائی گاڈ!'' طارق کے منہ سے بے اختیار نکلا۔ فضیلہ کی آنکھوں کے آگے اندھیرا سا چھانے لگا اور اس نے کرسی تھام کر لمبے لمبے سانس لینا شروع کر دیئے۔

''کیا تم؟'' فضیلہ نے مینڈی کے پیٹ کی طرف اشارہ کر کے سوال بیچ ہی میں چھوڑ دیا۔

''یس۔ چار مہینے ہونے والے ہیں۔'' مینڈی نے اپنے پیٹ کی طرف فخر سے اشارہ کرتے ہوئے کہا۔

مینڈی کے جانے کے بعد گھر میں بھونچال سا آ گیا۔ ڈیڈ چیخ رہے تھے۔ مام زار زار رو رہی تھی اور عمران گھر چھوڑ کر جانے کی دھمکیاں دے رہا تھا۔

''ہم نے تمہیں کیا نہیں دیا؟ تمہاری ہر فرمائش پوری کی..... پھر تم ہمارے ساتھ یہ سب کیسے کر

سکتے ہو؟''

''ڈیڈ سمجھنے کی کوشش کریں......ہم نے جان بوجھ کرتو بے بی پلان نہیں کیا تھا۔بس ہوگیا۔ یونو It happens.۔عمران نے کندھے اچکائے۔مینڈی بہت تنہا تھی۔جیک کے ساتھ اس کا بریک اپ ہوا تو میں نے ہی اسے سنبھالا تھا۔وہ بہت اچھی لڑکی ہے،آپ ملیں گے تو خود ہی دیکھ لیں گے۔

''بے شرم لڑکے یہ ہمارا کلچر نہیں ہے۔''ماں تڑپ کر بولی۔

''مام!یہ اس ملک کا کلچر ہے جس میں ہم رہ رہے ہیں۔میں امریکن ہوں۔یہاں کا رہنے والا ہوں۔آپ کو اندازہ بھی ہے کہ ہم ایشین بچوں پر اس سوسائٹی میں کتنے پریشرز ہوتے ہیں۔جوان ہونے کے بعد ہم اپنے ساتھیوں سے الگ تھلگ کیسے ہو جائیں؟ اگر ہم کسی کے ساتھ ڈیٹنگ نہ کریں تو ہمیں ابنارمل یا''گے'' سمجھ لیا جاتا ہے اور اگر اپنے فرینڈز کی طرح امریکن لائف گزاریں تو آپ لوگوں کی ویلیوز خطرے میں پڑ جاتی ہیں۔ہم لوگ اس سوسائٹی میں رہ کر مس فٹ نہیں ہونا چاہتے۔یہ ہمارے سروائیول کا مسئلہ ہے۔آپ لوگ سمجھنے کی کوشش کریں۔ہمیں یہاں رہنا ہے،ہمیشہ اور مستقلاً۔ہمیں مت روکیں۔''عمران کی آنکھوں میں آنسو تیرنے لگے۔

''ایک غلام زادی اب ہماری بہو بنے گی۔''فضیلہ نے دانت پیسے۔امریکی آسائشوں اور معاشی آسودگیوں کے غلام،تیسری دنیا کے تارک وطن،بے بسی کے سمندر میں ہاتھ پاؤں مار رہے تھے اور لہریں اونچی سے اونچی ہوتی چلی جارہی تھیں۔فضیلہ کو اپنی ایک پرانی امریکن ہمسائی یاد آگئی جس نے اپنے بیٹوں کے لیے گھر میں پلے بوائے میگزین لگوا رکھا تھا۔''تم اپنے بیٹوں کو خود ہی کیوں بگاڑ رہی ہو؟''ایک بار فضیلہ نے اس سے سوال کیا تو اس کے جواب نے فضیلہ کو حیران کر دیا''میں نے یہ اس لیے لگوایا ہے کہ کہیں میرے بیٹے،لڑکیوں کی جگہ لڑکوں میں دلچسپی نہ لینے لگ جائیں۔''

طارق اور فضیلہ کی پاکستانی کمیونٹی کے لوگ حیران تھے کہ اتنی پیاری فیملی کو کس کی نظر کھا گئی؟ سب کچھ اچھا بھلا تو تھا۔چند ماہ پہلے ہی تو اتنی عالیشان گریجویشن پارٹی دی تھی انہوں نے اپنے بیٹے کے لیے اور اب یہ اچانک شادی کا دعوت نامہ؟ فضیلہ نے رورو کر پہلے ہی سب دوستوں کو بتا دیا تھا کہ ان کے بیٹے سے ایک غلطی ہوگئی ہے اور اب وہ اسے باعزت طریقے سے نبھانا چاہتے ہیں۔راز تو شادی کے دن کھل ہی جانا تھا۔''شیطان کا کیا ہے کسی بھی وقت کسی کے بچے کو بھی بہکا سکتا ہے۔''ان کے بچے کو بھی بس شیطان نے بہکا دیا تھا۔

ساری کمیونٹی میں ایک شادی پارٹی ہونے کے خیال سے خوشی کی لہر دوڑ گئی۔خواتین اپنے نئے نئے پاکستان سے منگوائے ہوئے جوڑے پہننے کے خیال سے جھوم اٹھیں اور نوجوان لڑکے،لڑکیاں مہندی کے فنکشن پر ناچنے گانے کے خیال سے پروگرام سیٹ کرنے لگے۔فضیلہ اور طارق نے سوچا اب سر پر پڑ ہی

گئی ہے تو کیوں نہ اسے خوبصورتی سے ہی نبھائیں۔انہوں نے دولہا دلہن کے لیے نئے سرے سے بیڈروم کوری ماڈل کیا اور لاہور سے دلہن کے لیے ڈیزائنز عروسی جوڑے آرڈر کر دیئے۔ طارق کی بہن زبیدہ نے کپڑے تو بھجوائے تھے مگر چونکہ اسے دلہن کی اصلی صورت حال نہیں بتائی جاسکتی تھی لہٰذا لہنگا شلوار ٹخنوں سے اونچی اور قمیض کمر سے تنگ رہی۔

شادی والے دن آبنوسی رنگت والی دلہنیا کو لال جوڑے میں لاکھ سجایا مگر وہ کسی بھی طرح پاکستانی دلہن نہ لگ سکی۔ کرتے کی سلائیاں سائیڈ سے نکال دی گئیں مگر پھر بھی اس کا پیٹ گیند کی طرح باہر کو ابلتا دکھائی دیتا رہا۔ چھوٹے چھوٹے گھنگھریالے سیاہ بالوں کے چھتے پر دوپٹہ ٹکنے کا نام نہیں لے رہا تھا۔ بالوں کو ہر طرف سے لاکھ کلپ لگائے گئے تب جا کر کہیں سر پر دوپٹہ ٹھہرا اور فضیلہ کی جان میں جان آئی۔

''تم ایک بہت بڑی نیکی کا کام کر رہی ہو فضیلہ بہن۔ اللہ تمہیں اس کا بہت اجر دیگا۔'' چہرہ چھپائے ہوئے رضیہ عرف سابقہ روزی نے فضیلہ کو گلے لگا کر پیار کیا تو فضیلہ آنے والی زندگی میں ملنے والی دودھ اور شہد کی نہروں کے کنارے بیٹھ کر ستانے کے خیال سے مسکرا دی۔ دونوں سہیلیاں دلہن کو سرخ دوپٹہ اٹھا کر دھیرے دھیرے باہر لائیں تو مینڈی کی باسکٹ بال پلیئر سہیلیوں نے مسکرا کر تالیاں بجائیں اور آگے بڑھ کر اس کا دوپٹہ اور لہنگا اٹھا اٹھا کر اس پر ہونے والا کام دیکھنے لگیں۔ انہیں مینڈی کے کپڑے بہت اچھے لگ رہے تھے۔

''Give me a joint.'' مینڈی نے اپنی ایک دوست لنڈا کو قریب پاتے ہی اس سے ایک سگریٹ لیا اور زور زور سے کش لینے لگی۔

''you look stressed'' لنڈا نے پیار سے اس کی کمر پر ہاتھ پھیرا تو مینڈی نے سکون سے آنکھیں بند کر لیں۔

''بہت تھک گئی ہے مینڈی'' عمران نے اسے دور سے دیکھا تو اس کے قریب جا پہنچا اور مینڈی کی فرینڈز سے اپنی شیروانی آؤٹ فٹ پر داد سمیٹنے لگا۔ مینڈی نے اپنے پیٹ پر پیار سے ہاتھ پھیرا اور کہنے لگی۔

''بے بی! لُک یور ڈیڈ از لکنگ سو ہینڈسم۔''

عمران بہت خوش تھا۔ آخر اس کے ماں باپ اس کی خوشی کے لیے راضی ہو ہی گئے اور اب تو ان سب کی لگی بندھی روٹین لائف میں ایک خوشگوار تبدیلی بھی آنے والی تھی۔ گھر کے آنگن میں ایک نئے پھول کی مہک پھیلنے والی تھی۔ اس نے جذبات سے مغلوب ہو کر اپنے پیارے ماں باپ کو چوم لیا۔

مینڈی کو پہلے مسلمان کر کے منزہ بنایا گیا۔ اسلامی نام رکھنے کا ایک اہم مرحلہ طے ہو گیا۔ جوان جہان کالی داڑھی اور شرارتی نظروں والے امام صاحب دلہن کے پیٹ کو مستقلاً گھورتے رہے مگر منہ سے کچھ نہ بولے۔

''فیزی! یہ تم نے بڑا نیکی کا کام کیا ہے......ایک غیر مسلم کو مسلمان بنایا ہے۔ اللہ تعالیٰ تمہیں اس کی بہت جزا دیں گے۔'' رضیہ نے پھر سے فیزی کے کان میں سرگوشی کی تو فضیلہ پھیکی سی مسکراہٹ سے ٹھنڈی سانس بھر کے رہ گئی۔

بہو کے آجانے سے فیملی کے روز و شب میں کافی تبدیلیاں آگئی تھیں۔ منزہ بیٹی اور عمران بیٹے کے باہر آنے جانے کے اپنے اوقات اور طور طریقے تھے۔ فضیلہ کئی بار سوچتی کہ بیٹے کی شادی صحیح وقت پر اور کسی پاکستانی لڑکی سے کی ہوتی تو وہ بہو کے کتنے چاؤ پورے کرتی۔ مگر یہاں تو اسے سمجھ میں ہی نہیں آرہا تھا کہ وہ بہو کے ساتھ کیسے پیش آئے؟ منزہ کھلاڑی لڑکی تھی، اس لیے جسمانی فٹنس کا پورا خیال رکھتی تھی۔ چند ہی ماہ بعد اسے کسی باسکٹ بال میچ میں شرکت کرنا تھی جسے وہ کسی قیمت پر بھی مس نہیں کرنا چاہتی تھی۔ اس لیے ہر وقت ورزش کرتی رہتی۔ فضیلہ اسے پاکستانی کام والے زرق برق جوڑے پہنا کر فرینڈز کے گھروں میں دعوتوں پر لے جاتی تو وہ بہت انجوائے کرتی۔ اتنی محبت کرنے والا شوہر اور خدمتگار ساس ملی تھی۔ وہ تو ایسی زندگی کا تصور بھی نہیں کرسکتی تھی۔ اس کا تو خیال تھا وہ اپنے بچے کو سنگل پیرنٹ بن کر پالے گی یا اپنی ماں کی مدد طلب کرے گی جو خود بھی ہمیشہ تنہا رہی تھی مگر یہاں تو سب کچھ اتنا مختلف اور اچھا تھا کہ لائف ونڈرفل ہوگئی تھی۔ اب نہ اسے گھر کے کرائے کی فکر تھی نہ کمانے کی ٹینشن، بے بی کے لیے بھی سب انتظامات خود بخود ہوتے چلے جارہے تھے۔

فضیلہ کو ایک فکر دن رات کھائے جارہی تھی کہ اگر بچہ ماں پر چلا گیا تو پھر کیا ہوگا؟ وہ دن رات جائے نماز پر بیٹھی خدا سے التجائیں کرتی کہ ''اے اللہ پاک! میرے پوتے کو ماں جیسے موٹے بھدے نین نقش اور کالے چھتے جیسے پھولے بال نہ دینا۔ یا اللہ! ہمارے حال پر رحم کرنا۔ بچہ بیشک عمران جیسا نمکین ہو مگر اسے نقش پاکستانی دینا۔'' فضیلہ نے بہو کے کمرے میں جابجا خوبصورت پاکستانی بچوں کی تصویریں سجا دی تھیں تاکہ وہ ہر وقت انہیں دیکھتی رہے اور ویسا ہی خوبصورت بچہ پیدا کرے۔

عمران بڑے شوق سے اپنی بیوی کو میڈیکل چیک اپ کے لیے لے جاتا اور اس کی صحت کے متعلق معلومات حاصل کرتا رہتا۔ ہر ماڈرن امریکی جوڑے کی طرح ان کی بھی یہی خواہش تھی کہ وہ اپنے بچے کی پیدائش کے مرحلے میں ایک دوسرے کے مددگار اور معاون ثابت ہوں۔ اس لیے انہوں نے ان کلاسوں میں بھی جانا شروع کر دیا تھا جہاں مرحلہ پیدائش کے دوران حاملہ ماؤں کو تنفس کے ذریعے آسان برتھ کی تربیت دی جاتی تھی۔

''مام ڈیڈ! میری پیدائش کے وقت آپ لوگ بھی بہت ایکسائٹڈ ہو رہے ہوں گے۔ ہیں نا؟'' عمران نے اپنی بیوی کے لیے بنائی گئی لذیذ پنجیری اٹھا کر منہ میں ڈالتے ہوئے پوچھا

''کتنا مزے کا ہے یہ۔'' منزہ بولی۔

''ہاں بیٹا! لیکن اب یہ بھی سوچو کہ تمہیں اپنی تعلیم مکمل کرنا ہے..... خلا باز بننا ہے۔'' ڈیڈ نے اسے وعدہ اور فرض یاد دلایا۔

''کروں گا، کروں گا..... سب کچھ کروں گا۔ آپ کے سب خواب پورے ہوں گے۔ آخر آپ میرے اتنے پیارے ڈیڈ ہیں۔ آپ کی سپورٹ نہ ہوتی تو میں زندگی کے اس حسین لمحے میں کتنا اکیلا رہ جاتا..... تھینک یو!''

منزہ بھی فرطِ مسرت سے ساس سے لپٹ کر بولی۔ ''یو آر دا بیسٹ۔''

فضیلہ کے دل پر ایک گھونسہ سا لگا۔ ہائے کاش یہاں کوئی پاکستانی لڑکی ہوتی۔ خوبصورت، نازک اندام، پتلے پتلے نین نقش والی۔ وہ ٹھنڈی سانس بھر کر رہ گئی۔

''مام! کتنی اچھی بات ہے کہ منزہ اتنی خوش ہے..... ہم سب کو اسے خوش ہی رکھنا چاہئے۔ آپ لوگ بھی خوش ہیں نا کہ یہ بچہ اس دنیا میں آ رہا ہے؟''

طارق اور فضیلہ بیٹے کی معصومیت پر مسکرا دیئے۔

''ہاں بیٹا! ہم خوش اور بہت خوش ہیں۔ ہماری تنہائیاں دور ہو جائیں گی، گھر میں رونق ہو جائے گی، بڑا مزا آئے گا۔'' طارق بچوں کی طرح خوش ہو کر بولے۔

''میں نے اسلامی ناموں کی کتاب سے نام بھی چننے شروع کر دیئے ہیں۔'' فضیلہ نے اترا کر کہا..... ''رحمان کیسا رہے گا؟''

''اچھا ہے، سویٹ ہے، لیکن ہم اسے Raymond رجسٹر کروائیں گے۔ مام ڈیڈ کے لئے رحمان رہے گا۔ ٹھیک ہے نا؟'' منزہ خوش ہو کر بولی۔

''گریٹ آئیڈیا ہنی! اس طرح اسے کوئی مسلم دہشت گرد نہیں سمجھے گا۔'' عمران نے بھی گفتگو میں حصہ لیا اور وہ دونوں ایک دوسرے کا منہ دیکھنے لگے۔

یوں تو بہو کی ہر طرح سے دیکھ بھال کی جا رہی تھی، مگر پھر بھی نہ جانے کیسے ایک روز غسل خانے میں اس کا پاؤں پھسل گیا اور اُسے اُس وقت سے پہلے ہی دردیں شروع ہو گئیں۔ سب اسے لے کر بھاگم بھاگ ہسپتال پہنچے اور فوراً داخل کروا دیا۔ عمران اندر جا کر بیوی کو لا ماز کی ورزشیں کروانے لگا اور فضیلہ نے تسبیح پکڑ کر خدا سے بچے کے صحتمند اور خوبصورت ہونے کی دعائیں مانگنا شروع کر دیں۔ طارق بھی نروس ہو کر ہسپتال کے کاری ڈور میں گھومنے لگے اور خدا سے یہ مرحلہ بخیریت طے ہونے کی دعا کرنے لگے۔

کئی گھنٹوں کی سخت لیبر کے بعد یکا یک عمران بھاگا بھاگا باہر دوڑ آیا۔ ''مام ڈیڈ! آ جائیں بے بی از ہیئر۔''

''اچھا؟ کیا ہوا ہے؟'' طارق نے بے چینی سے پوچھا۔

''تم نے دیکھا اسے؟'' فضیلہ نے بے تابی سے پوچھا۔

''نرس نے بس یہ بتایا ہے کہ لڑکی ہے...... بہت پیاری ہے...... چلیں چل کر دیکھتے ہیں۔'' عمران کی آنکھوں میں خوشی کی چمک تھی۔

''او ہو تو اب رحمان کا نام بدلنا ہوگا...... کیا رکھوں گی؟'' فضیلہ نے جلدی جلدی سوچا۔''چلو رحمان نہ سہی، ریما ہی سہی، ٹھیک عمران؟''

''آپ کی جو مرضی، مام!...... یہ آپ پر چھوڑ رہا ہوں۔'' عمران بولا۔

ذہن میں بہت ساری سوچیں جنم لینے لگیں۔ کاش لڑکی کا نام بھی پہلے ہی سوچ لیا ہوتا۔ خیر کوئی بات نہیں۔ تینوں بے چینی سے منزہ کے پاس چلے آئے۔ فضیلہ نے بہو کے ماتھے پر بوسہ دے کر بسم اللہ پڑھی اور چھوٹی پلنگیا میں لیٹی بے بی کو پیار سے اٹھا لیا۔

''ریما جانی آنکھیں کھول دو۔'' عمران، فضیلہ اور طارق نے سوئے ہوئے ننھی پری کو دیکھا اور اس پر سے کپڑا ہٹا دیا۔

''میرے اللہ! اس قدر خوبصورت بچی!'' سب حیران ہو کر وہیں جمے کے جمے رہ گئے۔ لچھے دار سنہری بالوں، گوری گلابی رنگت اور نیلی سمندر آنکھوں والی حسین باربی گڑیا گود میں آتے ہی بھوک کے مارے اوں اوں کرنے لگی۔ فضیلہ کو تو جیسے کرنٹ سا لگ گیا۔ اس نے بچی کو ماں کے پہلو میں لٹا کر نفرت سے یوں منہ پھیر لیا جیسے اس نے اس سے پہلے کبھی اتنی بدصورت بچی نہ دیکھی ہو۔

◀◀ ● ▶▶

• نسترن احسن فتیحی

یہ عجیب عورتیں

نظروں کے سامنے گہری دھند تھی ...... گرد و غبار تھا شاید...... اس کا چہرہ ذرا سا چمکا تھا......اس دھند کے پیچھے......مگر شور اور بھیڑ میں وہ گم ہوگئی۔ میں نے اسے دو اور میں اپنی جگہ کھڑی اچانک بھیڑ سے الگ ہوگئی......جیسے ہوا میں معلّق ...... ہاں کسی کو پہچاننے کا یہ طریقہ صحیح ہے۔ میں نے ایک لمبی سانس لی اور اس چہرے کو یاد کرنے کی کوشش کی......کون تھی وہ......؟ حجاب تھا اس کے چہرے پر......؟ یا......نہیں، وہ تو سر برہنہ گھوم رہی تھی! شاید نو جوان سی تھی......مگر پیشانی پر چند لکیریں بڑی واضح تھیں۔ پر یہ اچانک میں اس کے پیچھے کیوں پڑ گئی تھی؟ مجھے یاد آیا جب وہ میرے پاس سے گزری تھی تو کسی نے کہا تھا، ''عجیب عورت ہے یہ'' اور میں نے تجسس میں ادھر نظر دوڑائی تھی۔ مگر وہ چہرہ سمجھ میں نہیں آیا تھا......لیکن بہت شناسا بھی لگا تھا اور تب سے کانٹا سا بن گیا تھا اور دل میں چبھ رہا تھا......ایک معمّے کی طرح...... میں اس معمّے کو حل کرنا چاہتی تھی...... کسی نے دھکّا دے کر مجھے بھی تو عجیب کہا تھا...... یہ تو ایک ایسا خطاب ہے جو کبھی نا کبھی ہر عورت کو ملتا ہے کیونکہ وہ دنیا کی خوشنودی حاصل کرنے کے لئے خود کو نہ جانے کتنے سانچے میں ڈھالتی چلی جاتی ہے اور بدلے میں اسے اس خطاب سے نواز دیا جاتا ہے۔ میں اپنی جستجو چھوڑ کر گھر واپس جانا چاہتی تھی مگر راستے کی دھند میں جیسے کھو گئی تھی۔ نظر نے ساتھ دینا چھوڑ دیا مگر میری سوچ نے میرا پیچھا نہ چھوڑا۔ اپنے ذہن میں میں ان عجیب عورتوں کا خاکہ مرتّب کرتی رہی......اور کیوں نہ کرتی؟ یہ لفظ عجیب اتنا سادہ بھی نہیں ہے۔ اتنا ہی پیچیدہ ہے جتنی پیچیدہ یہ عورتیں۔ اس لفظ کے اندر پرت در پرت مفہوم کی دنیا آباد ہے کیونکہ یہ اپنے اندر محبت، نفرت، غصّہ اور جھنجھلاہٹ سب کو سمیٹ لیتا ہے اور عجیب بن جاتا ہے۔ پھر کسی نہ کسی عورت کو خطاب کی طرح عطا کر دیا جاتا ہے۔ میں اسی خطاب کا پیچھا کرتے ہوئے جیسے بادلوں پر سوار ہوگئی جن میں بہت سارے رنگ شامل تھے۔ میں دونوں ہاتھوں سے ان رنگوں کو ہٹا کر جیسے کوئی واضح اور ٹھوس شبیہ تلاش کر رہی تھی مگر سب رنگ آپس میں خلط ملط ہوئے جا رہے تھے۔ ان رنگین بادلوں میں تیرتے ہوئے کبھی کبھی مجھے لگتا میں گہرے سمندر میں ڈوبتی جا رہی ہوں اور سانس لینا بھی میرے لئے دشوار ہے۔ اچانک میری آنکھ کھل گئی...... ذہن کی دھند چھٹ گئی۔ میں اپنے کمرے اور اپنے بستر پر تھی......محفوظ و مامون۔ سانس لے رہی تھی۔ سب کچھ صاف صاف دیکھ سکتی تھی...... نہ دھند تھی، نہ بادل اور نہ

ہی کہیں گہرا سمندر تھا۔نہ الجھے الجھے خیال......بس دل پر کچھ بوجھ سا تھا اور سر میں درد۔

بارہ دیکھنے کی جستجو کی مگر نہیں......دھند بہت گہری ہے......یہ گرد و غبار نہیں، کہرا ہے شاید یا رات کا ملگجا اندھیرا......میری جستجو جدّ وجہد میں بدل گئی......میں اسے دیکھنا چاہتی تھی......مجھے اس بھیڑ میں زور کا دھکّا لگا اور میں لڑکھڑا گئی......

''عجیب عورت ہے۔'' کوئی بڑبڑاتا ہوا آگے بڑھ گیا۔

تو یہ عجیب عورتوں کی تلاش مجھے خواب میں پریشان کر رہی تھی۔کیسی گھٹن تھی خواب میں۔توبہ میں نے کروٹ بدلی..لگتا ہے عرصے سے پرسکون ہو کر نہیں سوئی۔کبھی بے خوابی میں پریشان سوچ الجھائے رکھتی ہے کبھی نیند میں دھندلے خواب۔

کچن کی کھٹ پٹ سے اندازہ ہوا کہ سونی آ چکی ہے اور روز کی طرح جلدی میں ہے۔میں منھ ہاتھ دھو کر جب تک کچن میں پہنچی تو وہ چائے بنا چکی تھی۔میں بالکنی میں آ کر بیٹھ گئی۔خواب کا تاثّر زائل نہیں ہوا تھا۔دل پر ایک بوجھ سا تھا اور یہ کوئی نئی بات نہیں تھی۔عرصہ سے دل میں ایک انجانی پھانس سی چبھی تھی جس سے بے خوابی کی شکایت رہنے لگی تھی اور جب نیند آتی بھی تو اس طرح کے خواب پریشان کرتے۔

''آنٹی! سب کام کر چکی ہوں، آج مسالہ آپ خود گرائینڈر میں پیس لیں؟'' اس نے چائے کی کپ مجھے تھماتے ہوئے کہا۔

''کیوں؟'' میں نے چڑھ کر پوچھا۔

''میں نے آج نئی کرتی پہنی ہے۔مسالے کی سل پر نہیں بیٹھوں گی۔'' یہ چھبیس یا ستائیس سالہ دوشیزہ سونی کے نخرے تھے۔جو روز نئی کرتی پہن کر آتی تھی اور کام سے جی چرایا کرتی تھی، مگر کچھ اس طرح استدعا کرتی کہ غصّہ نہیں آتا تھا۔

''ٹھیک ہے......جیسے جی چاہے کر لو۔پر تمہارا روز کا یہی ڈرامہ ہے۔'' وہ ہنستی ہوئی اپنا موبائیل سائیڈ ٹیبل سے اٹھا کر لہراتی ہوئی میرے سامنے سے نکل گئی۔

یہ بڑی عجیب ہے۔کبھی اپنے حالات سے نالاں نظر نہیں آتی۔ہر وقت ہنستی مسکراتی اچھے لباس میں صاف ستھری نظر آتی۔اس کی ایک بیٹی اور ایک ناکارہ شوہر ہے۔وہ عجیب اس لئے ہے کہ شوہر سے پٹ کر ہر وقت طلاق ملنے کی دھمکی کے باوجود اس کے خلاف رپورٹ نہیں کرتی۔جب لوگ اسے بتاتے کہ قانون بن گیا ہے تو یہ کہ کر سب کو لاجواب کر دیتی۔

''قانون بنانے والوں سے کہو، ان عورتوں کو پہلے انصاف دلوائیں جو دن رات پاور اور پیسے والوں کے ذریعے نوچی کھسوٹی جا رہی ہیں۔وہ مجھ پر اپنی ناکامیوں کا غصہ نکال لیتا ہے پر میری عزّت کا

رکھوالا تو ہے۔دوسروں کی بہو بیٹیوں کو تو نہیں نگل رہا۔''

اسے ضد تھی کہ وہ اپنے بل بوتے پر اپنی بیٹی کو تعلیم دلوائے گی۔ وہ مجبوری، بے بسی اور آنسو کو حقارت سے دیکھتی تھی۔ محنتی تھی مگر اپنے کام کو آسان بنانے کا ہنر جانتی تھی۔ وہ ایسے گھر اپنے کام کے لئے منتخب کرتی تھی جہاں کم اور سلجھے ہوئے کام ہوں۔ چھوٹی فیملی ہو اور ہر وقت کی بک جھک نہ ہو۔ وہ اپنے کام کو جاب کہلوانا پسند کرتی تھی اور اپنی بیٹی سے ہمیشہ کہتی کہ تو پڑھ لکھ کر مجھ سے اچھی جاب کرنا...... آفس والی...... گھر والی نہیں......! ایک دن مجھے اخبار دیتے ہوئے صفورہ زرگر کی تصویر پر انگلی رکھ کر بولی۔

''میں اپنی بیٹی کو ایسا بناؤں گی...... پڑھی لکھی اور بہادر......'' وہ خود بھی تو بہادر تھی۔ کتنی ہمت سے پچھلے دنوں اپنے نامساعد حالات کے باوجود مظاہرے میں ساری رات حاضر رہتی تھی، کیونکہ جینے کے لئے دن میں اسے مزدوری کرنا تھا۔ یہ ہمّت اور یہ جذبہ مجھ میں کیوں مفقود ہے۔ میں نے چائے کا ایک گھونٹ لیتے ہوئے سوچا۔ اور کپ سامنے ٹیبل پر رکھ دیا۔

اور یہ صفورہ زرگر...... یہ بھی تو کتنی عجیب لڑکی ہے۔ اتنی کم عمر، نئی شادی شدہ اور تین ماہ کی حاملہ مگر اس نے کیا کچھ برداشت نہیں کر لیا اس چھوٹی سی عمر میں.. اپنی پہاڑ جیسی ہمّت سے پورے ایک نظام سے ٹکرا جانا کیا معمولی بات ہے۔ اس کی ہمت نے نظام کے جبر کو ہی نہیں، بلکہ اس جبر کی زد میں آئے اس خوف کو بھی للکارا تھا جو دلوں میں چھپ کر بیٹھ گئے تھے۔ اسی للکار نے تو میرے خوف کو کھینچ کر روشنی میں کھڑا کر دیا تھا اور میں خود سے شرمندہ تھی۔ پچھلے دنوں ایک سو ایک دن چلنے والے احتجاج میں میں ایک دن کے لئے بھی اس اندھے قانون اور ظلم کے خلاف اٹھنے والی آوازوں میں اپنی آواز شامل نہیں کر پائی تھی۔ گھر اور گرہستی کی مصروفیات چھوڑ کر اس طرح کے احتجاج اور مظاہرے میں شامل ہونا کیا آسان بات ہے۔. ہر وقت گولیوں بموں اور پولس کی لاٹھیوں کے خوف کے سائے میں...... وہ بھی دسمبر اور جنوری کی خون منجمد کر دینے والی اس سردی میں...... کھلے آسمان کے نیچے...... جب کہ ہر انسان اپنے گھروں کی محفوظ چہار دیواری میں آرام دہ رضائیوں میں دبکا رہتا ہے۔ میں بھی تو دبکی رہی تھی۔ خواب کے دھند لکے میں میں نے کئی بار صفورہ کا چہرہ بھی دیکھا تھا...... ایک پر اعتماد چہرہ۔ کیا تمہیں اپنی نئی شادی شدہ زندگی کی فکر نہیں، نہ اس بدنامی کی جو تمہارے نام سے منسوب کی جا رہی ہے اور نہ ہی اپنے آنے والے بچّے کی یا اس کے روشن مستقبل کی؟ اور وہ حقارت سے قہقہے لگاتی دھند میں غائب ہو جاتی جیسے کہ رہی ہو، کون سا روشن مستقبل، کون سی زندگی؟

.میرے دل کا بوجھ بڑھ جاتا۔ میں نیند اور جاگنے کا فرق بھولتی جا رہی تھی۔ حقیقت اور خواب جب خلط ملط ہو جائیں تو جینا محال ہو جاتا ہے۔. زندگی اور موت کی دو انتہاؤں کے درمیان یہ خواب ہی تو ہے جس کے پیچھے ہم زندگی بھر دوڑتے ہیں۔ اگر ان کے درمیان کی تفریق ختم ہو جائے تو ہم تعبیر ڈھونڈھنا

بند کر دیتے ہیں۔تب زندگی ہمیں ڈرانے اور تھکانے لگتی ہے۔میں سچ مچ تھک گئی تھی......سوچتے سوچتے ڈر جاتی تھی کیونکہ بھول گئی تھی کہ جن پر زمین تنگ کر دی جاتی ہے اس کے لئے کوئی ہے جو دریا میں راستے بنا دیتا ہے اور اپنی ساری طاقت کے باوجود فرعونیت غرق ہو جاتی ہے ۔مگر ایسے نتائج کے لیے پہلے خود میں دریا میں اترنے کی ہمّت کرنی پڑتی ہے ۔

دروازے کی گھنٹی بجی تو میرے خیالوں کا تسلسل ٹوٹا۔میری چائے ٹھنڈی ہو چکی تھی۔میں دروازے کی طرف دوڑی۔اس خیال سے بھی کہ سونی کے جانے کے بعد سے دروازہ تو کھلا ہوا ہوگا۔نہ جانے کون ہے اس وقت۔دیکھا تو پڑوس والی دادی کھڑی تھیں۔انہیں ساری بلڈنگ کے ہر عمر کے لوگ دادی کہتے تھے۔

''السلام علیکم......!''میں نے گرمجوشی سے کہا۔

''وعلیکم السلام......آج حلیم بنایا تھا گھر کا...... بالکل صفائی سے بنا ہوا ہے۔اگر کوئی پرہیز نہیں تو لے لو۔''انہوں نے پیالہ میری طرف بڑھایا۔

''ارے آپ کے ہاتھ سے کیسا پرہیز؟ پر آپ نے کیوں زحمت کی مجھے بلا لیا ہوتا یا میں سونی کو بھیج دیتی۔''

''نہیں بھئی......!پانچ ماہ سے گھر میں بند ہوں۔لاک ڈاؤن ختم ہونے کے بعد بھی،صبح کی سیر تو ختم ہی ہوگئی ہے۔اب اسی بہانے میں ذرا اپنے فلور پر ہی چل پھر لیتی ہوں۔اور دیکھو ماسک بھی لگاتی ہوں۔''

''اتنی صبح صبح آپ نے حلیم تیار بھی کر لیا ؟''میں نے پیالہ پکڑتے ہوئے کہا

''یہ صبح ہے؟...گیارہ بجنے والے ہیں۔''

''آپ اندر تو آیئے......میں نے تو ابھی صبح کی چائے بھی نہیں پی ،اس لئے میرے لیے یہ صبح کی شروعات ہی ہے۔''میں نے ہنستے ہوئے کہا۔

''دیر تک سونا تم نئی نسل والوں کا طریقہ ہے۔ہم تو پانچ بجے اٹھنے والے لوگ ہیں۔ویسے بھی سارا دن اور ساری رات احتجاج میں شامل ہونے کی عادت نے صبح ہی صبح سارا کام ختم کر لینے کی عادت کو اور بھی پختہ کر دیا ہے۔''وہ اندر آ کر صوفے پر بیٹھ گئیں۔

''میں حیرت کے سمندر میں غرق ہوگئی۔اسّی سالہ اس خاتون کے خون میں کہاں سے اتنی گرمی آ گئی کہ برف گراتے آسمان کے نیچے بیٹھنے کا حوصلہ پیدا ہو گیا تھا ان میں۔''

''کیا ہوا بی بی......کس سوچ میں گم ہو......؟میرا پیالہ خالی کر کے لے آؤ۔''میں ان کی آواز کے ساتھ سوچوں کی گرداب سے باہر آئی۔

''جی......ابھی لائی۔مسز فرحان تو بہت تعریف کرتی ہیں آپ کے کھانوں کی۔''میں ان کے جواب کا انتظار کئے بغیر باورچی خانے کی طرف چلی گئی۔واپسی میں چائے کی ٹرے میرے ہاتھ میں تھی۔

''ارے چائے بنانے کی زحمت کیوں کی؟''انھوں نے خوش دلی سے ماسک اتارتے ہوئے کہا۔میں نے دو پیالیوں میں چائے نکالی،اوران کی طرف بڑھاتے ہوئے کہا۔

''آج آپ کے ساتھ ہی سہی۔''مسکرا کر بولیں۔

''مسز فرحان کے یہاں بھی حلیم دے کر آئی۔آجکل تو گھر میں ہی ہیں......آفس بند ہونے کی وجہ سے......کورونا نے سب کو قید کر دیا ہے۔ان کے شوہر کہنے لگے۔

''گھر کے کھانے کا مزہ تو آپ کی وجہ سے آتا ہے ورنہ نغمہ ہوٹل کا بنا ہوالا کر سرو بھی خود سے نہیں کرنا چاہتیں۔مگر لاک ڈاؤن میں سب بند ہے،اور ہر وقت گھر میں پکا پکا کر مسز کی حالت خراب ہے۔''پھر کچھ توقف کے بعد بولیں۔

''کتنی عجیب ہیں نا؟ کھانا بنانا بھلا کیا مشکل ہے؟؟''

''جی ورکنگ ہونے کی مجبوری ہے.بے چاری گھر سے دس گھنٹے تو باہر ہی رہتی تھیں۔اس لیے باہر کے کھانے کی عادت پڑ گئی ہوگی۔''میں نے کہا۔

''ہاں اسی لیے میں نے کہہ دیا جو کھانا ہو مجھے کہہ دو میں بنا دیا کروں گی۔خوش ہو گئے۔دونوں کہنے لگے،آپ کے یہاں کا صاف ستھرا بنا ملے تو میں اپنے دوستوں سے بھی کہوں گا آپ سے منگوالیا کریں آپ یہ کام شروع کر دیجئے۔مفت کیوں کھلاتی ہیں۔''

''ہاں پر......اس عمر میں اتنی محنت آپ کیسے کر لیتی ہیں؟''

''ارے بی بی یہ میرا شوق ہے۔میں اپنی کام والی کی مدد سے سب کر لوں گی ۔ مجھ سے خالی نہیں بیٹھا جاتا۔سب نے اپنی اپنی نوکرانی کو بلانا شروع ہی کر دیا ہے۔میں بھی بلواتی ہوں پر ہر طرح کی احتیاط لازمی رکھتی ہوں۔''

''جی......احتیاط تو لازمی ہے،قدرت نے ایک عجیب امتحان میں ڈال دیا ہے ساری انسانیت کو۔''

''اس کے ہر کام میں کوئی مصلحت ہوتی ہے،اس کی ذات سے ناامید نہیں ہونا چاہئے۔اچھا خدا حافظ تمہیں بھی ابھی کام ہوگا۔چلتی ہوں۔''وہ چائے کی خالی پیالی میز پر رکھتی ہوئی کھڑی ہوگئیں۔جاتے جاتے وہ ایک اور عجیب عورت سے میرا تعارف کروا گئیں......مسز فرحان سے......بلکہ دو عجیب عورتوں سے ۔خود بھی تو عجیب ہیں۔اسّی سال کی عمر میں نہ جانے کہاں سے اتنا جوش اور شوق سنبھال کر باقی رکھا ہوا ہے۔ میں اپنے کمرے میں واپس آئی تو لگا جو پھانس دل میں چبھی ہے وہ ابھی تک نکلی نہیں ہے،اب بھی میں اس مطلوبہ چہرے تک پہنچ ہی نہیں پا رہی تھی،نہ خواب میں اور نہ ہی حقیقت میں۔یہ ساری عجیب عورتیں ہمارے ہی درمیان کی معمولی عورتیں ہیں جو کوئی نا کوئی زندگی کا مقصد لے کر بس جئے چلی جا رہی ہیں......میری

طرح ۔ مجھے اوپر کے فلیٹ والی سنیتا یاد آئی...... سنگل پیرنٹ ۔ اسے میں کبھی معمولی نہیں سمجھتی تھی ۔ شوہر کے مسلسل جبر کا شکار شادی کے آٹھ سال بعد اپنے بچّوں کے ساتھ الگ ہوگئی ۔ تعلیم یافتہ ،خوبصورت اور اسمارٹ ۔ کھل کر جیتی ہے ۔ لڑکوں کے ساتھ دوستی رکھنا ، خوب گھومنا ، مست رہنا اس کے لئے معیوب نہیں ہے ، مگر انباکس میں گلدستے ، دل اور بوسے بھیجنے والوں کو دور تک رگید دیتی ہے ۔ زندگی ہو یا انباکس ، حدتجاوز کرنے کی کوشش کرنے والوں کو حد میں رکھنے کے لئے اس کی ایک گرم نگاہ ہی کافی ہے ۔ اس کا کوئی بھی عمل مخفی نہیں ہوتا ، اس لئے وہ اپنے موبائل میں پاس ورڈ لاک رکھنا پسند نہیں کرتی ۔ کیونکہ وہ اپنے کسی عمل پر پشیمان نہیں رہتی ۔ اس کے بچّے بہت پیارے ہیں ۔ جن پر وہ جان نیوچھاور کرتی ہے ۔ اس لیے ان کے مستقبل کے لئے فکرمند رہتی ہے ۔ گاؤں چھوڑ کر شہر بھی اسی لیے آئی کہ ان کا مستقبل محفوظ کر سکے ۔ پر جب سے شہریت قانون آیا ہے ۔ فکرمند رہتی ہے ۔ مائکے اور سسرال کسی کا سہارا نہیں ۔ صرف اسکول کالج کی ڈگری ہے ۔ اب وہ کیسے اور کہاں سے لائے اپنے پرانے کاغذات؟ کہتی ہے ۔

''اب سے پہلے کبھی اتنا کمزور خود کو محسوس نہیں کیا تھا۔'' اور تب احساس ہوا تھا کہ وہ بھی ایک معمولی اور کمزور سی عورت ہے ۔ میں نے سوچا......شاید اپنی کمزوری اور معمولی پن سے جوجھنے کی ادنیٰ سی خواہش انہیں عجیب بنا دیتی ہے ۔ ڈگر سے ہٹ کر بنے بنائے راستوں پر چلنے سے انکار کی کوشش...... ہاں یہ سب عورتیں نہ تو خاص ہیں اور نہ ہی غیر معمولی ۔ یہ سب معمولی عورتیں ہیں......سب عورتوں کی طرح......اپنے بچّوں ، اپنے سہاگ اور اپنے مستقبل کے لئے سرگرداں اور پریشاں ۔ پھر میں ان ہی کے بارے میں کیوں سوچ رہی ہوں؟ مجھے خواب میں ان کے ہی مختلف ہیولے کیوں نظر آتے ہیں؟؟ ہم سب معمولی عورتوں میں کچھ بھی غیر معمولی نہیں سب میں چند خوبیاں اور چند خامیاں ہیں بس ۔ ۔ پھر ہمیشہ یہ عجیب کی تلاش. مجھے ایک بند دروازے کے سامنے لے جا کر کیوں کھڑا کر دیتی ؟ فون کی گھنٹی بج رہی ہے ۔ میرے بیٹے کا ہوگا ۔ ہندوستاں سے باہر بھیج کر کتنی خوش تھی کہ اس کا مستقبل محفوظ کر دیا ہے...... پر اب ڈرنے لگی ہوں ۔ فون پر نہ جانے کیا سننے کو ملے؟ دنیا میں کوئی جگہ ہے جو محفوظ ہو؟ میں نے فون ریسیو کیا...... دعا کرتے ہوئے کہ سب خیریت ہو ۔

''امّی ......! مجھے گھر واپس آنا ہے ۔''

''کیا ہوا بیٹا؟ طبیعت تو ٹھیک ہے؟ یا نوکری ؟'' میری آواز حلق میں پھنسنے لگی ۔

''اسپیشل فلائیٹ سے کافی لوگ اپنے اپنے ملک لوٹ رہے ہیں ۔ میرا دل یہاں نہیں لگ رہا ۔ میں آپ لوگوں کے ساتھ رہنا چاہتا ہوں......اپنے ملک میں......اپنے گھر پر ۔''

''ہاں...... ہاں بیٹا...... واپس آ جاؤ ۔ میرا بھی دل نہیں لگ رہا ۔ حالات جیسے بھی ہوں مل کر ہمّت بنی رہتی ہے ۔''

''شکریہ امّی ...... میں کل بتادوں گا کب کی فلائٹ ہے۔''

کبھی کبھی ہم فیصلہ نہیں کر پاتے کہ جو ہو رہا ہے وہ بہتر ہے یا نہیں۔ مجھے لگا کہ اس کی نوکری جا چکی ہے ، جسے وہ ابھی بتانا نہیں چاہتا تا کہ میری ہمّت بنی رہے۔ایک نوکری جانے سے مستقبل تو ختم نہیں ہو جاتا۔ بلکہ اس خبر سے،اس فیصلے سے مجھے ایک سکون حاصل ہوا...... جیسے میری کھوئی ہوئی طاقت واپس مل رہی ہو۔ ایسا لگا ذہن سے ساری دھند صاف ہونے لگی ہے۔ میں خود کو جن عورتوں سے بالکل الگ سمجھ رہی تھی ،اس ایک خبر سے اب خود کو اسی قطار میں کھڑا ہوا دیکھ سکتی تھی۔اور میرا چہرہ بھی ان سارے معمولی چہروں میں شامل ہو چکا تھا۔ یہ سارے معمولی چہرے مل کر ایک بھیڑ میں بدل گئے...... جس میں سونی بھی تھی...... اسّی سالہ دادی بھی...... اکیلی بچوں کی پرورش کرنے والی پڑوسن سنیتا بھی اور گھر اور کچن کے کام سے گھبرانے والی مسز فرحان بھی۔ یہ سارے چہرے ضرب ہوتے ہوتے ایک لا متناہی بھیڑ میں بدل گئے...... ایک سیلاب کی طرح سڑکوں پر ابل آئے۔ یہ ساری کی ساری عجیب عورتیں طاقت کا استعارہ بن کر ابھریں اور ساری دنیا کی نظروں کو اپنی طرف کھینچ لیا۔انہوں نے اپنی فولادی ہمّت سے طاقت ،حکومت قانون سب کی سانسیں پھلا دیں...... جوان کے سامنے آتا ان کی پھنکار سے ڈر کر پیچھے ہٹ جاتا۔ آسمان سے برسنے والی موسم کی شدّت بھی ان کے پیر اکھاڑ نہ سکی۔موت کا خوف بھی انہیں باز نہ رکھ سکا۔اپنے آنچل میں اپنے لال کو سمیٹے...... اپنی ہی زمین پر اپنے آنے والی نسلوں کے لئے اور ان کے مستقبل اور حقوق کے لئے بھیڑ بن کر سڑکوں پر بیٹھ گئیں تھیں۔ان کی اس عجیب ہمّت اور خصلت نے بدخواہوں کے دانتوں چنے چبوا دئے۔ میرا لال بھی واپس آرہا تھا...... بلکہ اسے بھیج کر اب تک خود دھوکے میں جی رہی تھی۔ میں ان سے الگ نہیں تھی۔ مجھے بھی اس کے مستقبل کی فکر کرنی تھی۔ پرندے لوٹ کر گھونسلے میں ہی آتے ہیں اور اس گھونسلے کو محفوظ رکھنا ہمارا فرض تھا۔ میرے دل میں سکون اتر آیا۔ میں اب خود کو ان عجیب عورتوں میں شامل کر کے پرسکون ہو گئی تھی۔ دریا پر ہمارے قدم پڑ چکے تھے۔

◄◄ ● ►►

● قرۃ العین حیدر راٹھور

اعتراف

رات کھانے کے بعد نیند کی گولی نگلنا اس کی زندگی کا معمول تھا۔اس کی ریٹائرڈ زندگی کا محور چند کتابیں، پرانی یادیں اوراس کے خیالات تھے۔کم گوتو وہ ہمیشہ سے تھا لیکن اب ضرورت کی بات کے علاوہ خاموش ہی رہتا تھا۔ یہ نہیں تھا کہ اس کے ساتھ بولنے والا کوئی نہیں تھا۔گھر میں سب تھے لیکن اب اس نے ہی نے بولنا چھوڑ دیا تھا۔عمر کی بہتر بہاریں دیکھنے کے بعد بھی دن میں کئی باراس کی آنکھوں میں ایک ایسی چمک عُود کر آتی تھی کہ اس کی بیوی سعدیہ حیران رہ جاتی۔ایک ایسی بیقراری جوایک شخص کی آنکھوں میں اظہارِ محبت کے وقت ہوتی ہے۔اس وقت اس کے چہرے سے ایسے تاثرات دِکھتے کہ جیسے میں کسی سے مخاطب ہو۔کبھی کبھی اس کے ہاتھ حرکت میں آتے کہ جیسے کسی کا ہاتھ اس کے ہاتھ میں ہے۔اس کی بیوی یہ سوچتی کہ شاید دوائیوں کے زیادہ استعمال سے اس کی یہ حالت ہوئی ہے۔اپنے اس خیال کا اظہاراس نے اپنے بڑے بیٹے ذیشان سے بھی کیا تھا کہ اپنے باپ کوکسی نفسیاتی ڈاکٹر کو دکھائے۔بہتر سال کوئی زیادہ عمر نہیں ہوتی......اب سے پانچ سال قبل تک وہ بالکل فِٹ تھا صحت منداور ہشاش بشاش۔ایک دن اس کے سینے میں بُری طرح درد اٹھا اور دفتر والوں نے بروقت ہسپتال پہنچا دیا۔دل کا دورہ جان لیوا ثابت ہوسکتا تھا لیکن اس کے بعداس نے نوکری سے استعفیٰ دے دیا اور گھر کا ہوکررہ گیا۔اس نے اپنی سرگرمیاں چھوڑ دیں اوراپنا وقت گھر میں گزارنے لگا۔شروع میں بیوی کوتشویش ہوئی لیکن بعد میں وہ اس کی عادی ہوگئی۔گھر میں ان دونوں کے علاوہ بڑے بیٹے کی فیملی بھی تھی۔ بیٹا، بہواور دو بچے۔منجھلا بیٹا فوج میں میجر تھا اور اپنی فیملی کے ساتھ باہر رہتا تھا۔چھوٹا لنڈن پڑھنے گیا تو وہیں کا ہوکررہ گیا۔

آج بھی معمول کے مطابق اس نے دوائی کھائی اور سونے کے لئے بستر پر آیا۔بیوی بستر پر لیٹی ٹی وی پہ ڈراما دیکھنے میں مگن تھی۔

''سعدیہ!......'' اس نے دھیرے سے پکارا۔اپنی طرف متوجہ نہ پا کراس نے بیوی کو پھر سے آواز دی۔''سعدیہ!''

ٹی وی پر سے نگاہیں ہٹائے بغیر سعدیہ کا جواب آیا۔

''جی کچھ اور چاہئے...... بتاؤ میں لا دیتی ہوں۔''

''مجھے تم سے کوئی بات کرنی ہے۔'' سجاد کی آواز میں کچھ تکلیف سی تھی۔ بیوی کو محسوس ہوا کہ اسے شاید پھر سے انجائنا کا اٹیک ہونے لگا ہے۔ اس نے موبائل اٹھایا اور بیٹے کا نمبر ڈائل کرنے لگی۔

''او یار! میں تمہیں کہہ رہا ہوں کہ مجھے تم سے کوئی بات کرنی ہے تم ہو کہ اب موبائل پکڑ لیا ہے۔'' اس کی آواز میں اب تلخی تھی۔

''آپ کی طبعیت ٹھیک نہیں ہے میں ذیشان کا نمبر ڈائل کر رہی تھی کہ ڈاکٹر پہ چلیں۔'' وہ جھنجھلا سا گیا۔

''کچھ نہیں ہوا ہے مجھے...... بالکل ٹھیک ہوں۔ تم سے کچھ شیئر کرنا چاہتا ہوں اگر تم اپنی مصروفیت میں سے کچھ وقت دو تو......'' اس نے جملہ ادھورہ چھوڑ دیا اور اس کی جانب دیکھنے لگا۔ اب بیوی کو اپنی جانب متوجہ پا کر اس نے سوال کیا۔

''کتنے سال ہو گئے ہیں ہماری شادی کو؟''

''جی...... یہی کوئی چوالیس سال'' کچھ حساب لگا کر بیوی نے جواب دیا۔

''کیا ان چوالیس سالوں میں مَیں نے تمہیں کوئی تکلیف پہنچائی؟'' سعدیہ کو شک ہوا کہ لازماً کوئی مسئلہ ہوا ہے۔ سجاد اب بری طرح تنقید کرے گا اور اگلے کئی دن تک شکوے کرتا رہے گا۔ یہ سوچتے ہوئے اسے کوفت ہونے لگی کہ ان چوالیس سالوں میں یہ خواری کیا کم ہے کہ اس کا شوہر اس پر اب تک تنقید کرتا ہے۔ اب وہ خاموش بیٹھی یہ سوچ رہی تھی کہ کیا جواب دوں کہ یہ بات یہیں ختم کر دے اور سو جائے تا کہ وہ بھی سکون سے ڈراما دیکھے۔ بیوی کو خاموش پا کر اس نے خود ہی بات شروع کی۔

''ہماری شادی خالصاً ارینج میرج ہے، تم میری خالہ کی بیٹی ہو...... اگر چہ کہ رشتہ طے ہونے کے بعد بھی میرے دل میں تمہارے لئے کوئی جگہ نہیں بن پائی۔ یہ نہیں کہ میں تمہیں ناپسند کرتا تھا بلکہ مجھے تمہاری عادتیں کل بھی پسند نہیں تھیں...... آج بھی نہیں ہیں۔ میں اس زمانے میں تم سے چھٹکارہ چاہتا تھا لیکن ایسا نہ ہو سکا۔ مجھے لگتا تھا کہ میری ماں نے مجھ سے بدلا لیا ہے کیونکہ تم بد دماغ اور بدمزاج کے ساتھ ساتھ مغرور بھی تھی۔'' سعدیہ اب سجاد کو گھور رہی تھی اور سوچ رہی تھی یہ آج پھر شروع ہو گیا ہے۔ کتنے سالوں سے صرف کام کی بات کرتا تھا بس۔ آج اگر بولا بھی ہے تو صرف مجھ پر تنقید کرنے کے لئے۔

''ماسوا میرے بچے پیدا کرنے کے علاوہ تم نے کبھی بیوی ہونے کا حق ادا نہیں کیا۔ مجھے ان چوالیس سالوں میں کبھی روٹی پکا کر نہیں دی۔ تمہارے خیال میں یہ ملازموں کے کام ہیں۔ تم نے کبھی میرے کپڑے الماری سے نہیں نکالے۔ میں کئی مواقعوں پر چاہتا تھا کہ مجھے چائے تم بنا کر دو۔ دفتر جاتے ہوئے مجھے ناشتہ بنا کر دو، یا کم از کم میرے لباس پر ایک تنقیدی نگاہ ڈال لو کہ میں ٹھیک لگ رہا ہوں کہ نہیں...... لیکن

تمہارے خیال میں یہ کام صرف ملازمین کرتے ہیں اور تم میری بیوی ہو۔ تمہیں یہ سب سُوٹ نہیں کرتا۔ تم اس وقت سوئی ہوتی تھی جب میں ناشتہ کرتا اور دفتر جاتا تھا۔ جب میری واپسی ہوتی تو میں چاہتا تھا کہ تم میرا استقبال کرو اپنے ہاتھوں سے چائے بنا کر دو۔ ہم دونوں سکون سے بیٹھ کر چائے پئیں اور اپنے بچوں کو کھیلتا ہوا دیکھیں لیکن ایسا بھی نہ ہوسکا۔ کیونکہ تم شام کو لیڈیز کلب گئی ہوتی تھی۔''

''آپ کو تو چڑ ہے میری سوشل ایکٹیوٹیز سے۔ شادی ہوگئی اس کا مطلب یہ تھوڑی ہے کہ گھر میں بند ہو جاؤ۔ سوسائٹی میں move بھی تو کرنا ہے۔ اور دوسری بات یہ ہے کہ میں گھر میں بیٹھ کے کروں کیا؟ تم بھی تو ریٹائرمنٹ کے بعد ہی گھر بیٹھے ہو۔ جوانی میں کہاں تمہارے پاس میرے لئے وقت تھا۔ چھٹیاں آتی تھیں تو خود ہی گھومنے پھرنے نکل جاتے تھے۔ سارا الزام مجھ پہ نہ لگاؤ۔ جب میں تمہیں پہلے دن سے پسند نہیں تھی تو اپنی پسند کی شادی کر لینی تھی۔ پوری زندگی تمہیں مجھ سے شکوے رہے ہیں اب جب چل چلاؤ کا وقت ہے۔ تمہیں اب بھی تنقید ہی سُوجھ رہی ہے۔'' سعدیہ نے اس کی بات کاٹتے ہوئے ترکی بہ ترکی جواب دینا شروع کیا۔ معاملہ اب سنگین ہونے لگا تھا۔ ہمیشہ کی طرح بیوی کو برستا دیکھ کے خاموش ہونے کے بجائے اس نے اسی تحمل کے ساتھ بات جاری رکھی۔

''دیکھو میرا کام تم پر تنقید نہیں ہے۔ اب اس عمر میں تم کہاں خود کو بدلو گی اور وہ بھی میرے لئے۔ مجھے افسوس ہے کہ میں تمہیں ان چوالیس سالوں میں خوش رکھنے میں ناکام رہا ہوں۔ دنیا کی نظر میں میں ایک انتہائی کامیاب آدمی ہوں جس کی ملازمت کا کیریئر بہترین رہا۔ بچے میری زندگی میں اسٹیبلش ہوگئے اور اب اپنے اپنے گھر والے ہیں۔ مجھے پوری زندگی پیسے کی کمی کا سامنا نہیں رہا کیونکہ میں اعتدال پسند ہوں اللہ کا مجھ پہ خاص کرم رہا۔ میں نے جوانی ہی میں حج کا فریضہ ادا کیا اور کئی ملکوں کے سفر کئے۔ اچھے وقتوں میں وراثتی جائیداد سے یہ گھر بنا لیا جس میں میرے تینوں بیٹے اپنی اولاد کے ساتھ آرام سے رہ سکتے ہیں۔ اپنی گاڑی ہے۔ بڑھاپے میں بھی میں اور تم اپنے بچوں کے محتاج نہیں ہیں۔ اگر میں نہیں بھی رہتا تو تم اپنی باقی زندگی بہت آرام سے گزار سکتی ہو۔ لیکن ایک خاص بات ہے......'' اس نے اپنا جملہ ادھورہ چھوڑ دیا۔ سعدیہ اب اس بکواس سے خاصی بور ہو رہی تھی۔

''اب کہہ بھی چکیں...... مجھے نیند آرہی ہے۔ ڈراما تو نکل گیا ہے۔ اب کل دوپہر میں ریپیٹ ٹیلی کاسٹ میں دیکھوں گی۔''

''یہ ہے وہ خاص بات۔ نہ تمہارے پاس میری اس بکواس کا وقت ہے...... نہ میرے پاس تمہاری چھچھوری گفتگو کے لئے وقت۔ اور رہی بات تم سے جان چھڑوانے کی وہ میں نے اس وقت سوچا تھا تب ذیشان اور سلمان دونوں چھوٹے تھے۔ میں نے تمہیں طلاق دے کر دوسری شادی کرنے کا فیصلہ کر لیا

تھا۔ بچے عدالت سے واپس لے لیتا۔ لیکن تم نے مجھے ارسلان کے آنے کا بتا دیا اور مجھے اپنا ارادہ بدلنا پڑا۔'' اس کا جواب سنتے ہی سعدیہ کو تو یوں پتنگے ہی لگ گئے تھے۔

''ارادہ بدلا کیوں؟ کر لیتے دوسری شادی۔ ہو جاتی آپ کی خواہش پوری۔ احساس نام کی چیز تو تمہارے اندر ہے نہیں۔ لوگ پر وموشنز کیسے لیتے ہیں، تعلقات کیسے بناتے ہیں یہ تمہیں کبھی نہ آیا۔ اور تم کون ہوتے ہو میری گفتگو کو چھچھورا کہنے والے؟ میری تو ہر بات تمہیں بری لگتی ہے۔ اگر میں اتنی ہی بری تھی تو چھوڑ دیتے نا مجھے...... لیکن نہیں بھئی...... یہ نہیں کرنا۔ صرف سنا سنا کر اذیت دینی تمہیں آتی ہے؟'' اب سعدیہ کی آواز گونجنے لگی۔

''تم اپنی آواز دھیمی کرو گی یا نہیں؟ تم شادی کی رات سے اسی طرح بدتمیزی کرتی آ رہی ہو اور رات کے اس پہر تمہاری آواز کمرے سے باہر جائے گی تو بیٹے بہو کو اتنا عجیب نہیں لگے گا جتنا ہمارے پوتا پوتی کو لگے گا۔'' سجاد اب پھر غصے میں بڑبڑانے لگا۔

''تم جیسی عورت سے بات کرنا ہی فضول ہے جو صرف بات کا بتنگڑ بنانا جانتی ہو۔ تم کسی کے جذبات نہیں سمجھ سکتی۔ تمہیں کوئی مسئلہ ہو تو ساری دنیا کو عذاب ڈال دیتی ہو لیکن میں تم سے صرف یہ کہہ رہا ہوں کہ میں تمہارے ساتھ صرف باتیں کرنا چاہتا ہوں۔ وہ تمام باتیں جو پچھلے چوالیس سال میں تم سے نہیں کیں...... اپنے دل کی باتیں...... میں ان باتوں کو دل میں رکھ کر نہیں مرنا چاہتا۔''

تنگ آ کر اس نے کروٹ لی اور سونے کی کوشش کرنے لگا۔ نیند کوسوں دور تھی اور اچانک کہیں دور سے ایک کھنکتی ہوئی آواز آئی۔

''سجاد! یار یہ تم بیوی بچوں کے ہوتے ہوئے میرے ساتھ محبت کیسے نبھا لیتے ہو۔ سچ میں اگر میری شادی ہو گئی تو میرا نہیں خیال کہ میں تمہارے ساتھ محبت نبھا سکوں گی۔'' اسی لمحے اس نے اپنی بھینچی ہوئی آنکھیں کھول کر دیکھا تو کمرے میں اندھیرا تھا اور اسے ایک بھینی بھینی جانی پہچانی خوشبو محسوس ہونے لگی اور وہ بڑبڑانے لگا۔

''مجھے اپنے ساتھ لے جاؤ حنا...... میں اب اور جینا نہیں چاہتا۔ تمہارے بعد زندگی میں کوئی مزا نہیں ہے۔'' یہ کہتے ہوئے اس نے کروٹ تبدیل کی تو وہاں نہ تو کوئی آواز تھی نہ ہی کوئی خوشبو۔

بس یہی سوچ کے راتوں کو میں نہیں سوتا ر نیند آئی تو تیرا خواب چلا آئے گا ر پھر صبح جب کھلیں گی آنکھیں میری ر تو بھی صبح کے تارے سا چلا جائے گا۔

یہ کوئی پہلی بار تھوڑی تھا کہ سجاد کوئی سپنا دیکھ رہا ہو لیکن حنا تو اس کے لئے ایک سپنا ہی تھی۔ انسان بھی بہت عجیب ہے جس کے ساتھ صرف چند گھنٹے کی رفاقت میسر آئی اس کے اثرات پوری زندگی پہ بھاری ہو گئے۔ وہ اٹھ بیٹھا۔ کہیں دور مسجد سے فجر کی اذان آ رہی تھی۔ وہ آرام سے اٹھا اور وضو کرنے چلا گیا۔

کمرے میں واپس آ کر وہ نماز پڑھنے لگا۔ دعا مانگتے ہوئے اسے حنا کا خیال پھر سے آیا اس کی مغفرت کی دعا کرتے ہوئے اس کی آنکھوں سے آنسو بہنے لگے۔ انسان جیتے جی قدر نہیں کرتا جب مر جاتا ہے تو قدر آ جاتی ہے۔ وہ پوری زندگی میں کبھی بھی باقاعدہ نمازی نہیں تھا کبھی جب چھوٹا تھا تو ماں زبردستی سب بچوں کو نماز پڑھاتی تھی۔ بڑے ہو کر زندگی کی رنگینیوں میں کھو گیا۔ صرف جمعہ کی نماز پڑھ لیتا تھا۔ سعدیہ نے کبھی بچوں کو نماز کا نہیں کہا تو اس کو کیسے کہتی؟ حنا اکثر اسے یاد کرواتی کہ نماز پڑھا کرو اور کچھ نہیں تو رب العزت کی دی ہوئی نعمتوں کا شکرانہ ادا کرنے کے طور پر ہی پڑھا لو۔

حنا اس کے ساتھ گورنمنٹ کالج لاہور میں پڑھتی تھی۔ پُر اعتماد اور خوش شکل۔ اس زمانے میں وہ ہاسٹل میں رہتا تھا اور وہاں انگریزی ادب میں ایم اے کر رہا تھا۔ سیشن شروع ہونے کے پہلے ہی ہفتے ان کی دوستی ہو گئی۔ وہ ہمیشہ ساتھ ساتھ دِکھتے تھے کہ ان کے کلاس فیلو ایک کی خبر دوسرے سے دریافت کرتے۔ پہلے سال کے سیشن کے اختتام پر چھٹیاں ہوئیں تو سجاد واپس اسلام آباد آ گیا۔ اس وقت اس نے محسوس کیا کہ وہ حنا کے بغیر کچھ ادھورا ہے۔ واپسی پر اس نے پہلے ہی دن حنا کو اپنی دِلی کیفیت سے آگاہ کر دیا۔ اس نے حنا سے یہ نہیں پوچھا کہ وہ کیا چاہتی ہے کیونکہ حنا کا تمتماتا ہوا مسکراتا چہرہ ہی اس کی رضامندی کا گواہ تھا۔ دن پر لگا کر اُڑ رہے تھے اور کالج کے سیشن کا آخری دن آن پہنچا۔

''آج تم میرے ساتھ گھر چلو۔ میں تمہیں اپنے گھر والوں سے ملوانا چاہتی ہوں۔ میں نے امی کو بتا دیا ہے لیکن وعدہ کرو تم میرے خوابوں کے رستے میں نہیں آؤ گے۔ میں نے تمہیں بتایا تھا کہ میں لیکچرر شپ کرنا چاہتی ہوں۔ ایک ریسرچ سکالر بننا میری زندگی کا مقصد ہے۔'' سجاد کو بھلا کیا اعتراض ہو سکتا تھا۔ وہ خوشی خوشی اس کے گھر چلا گیا۔

کرشن نگر کی مضافاتی گلیوں میں سرخ اینٹوں والا دس مرلے کے قدیمی گھر کی نچلی منزل پر حنا کے چچا اپنے خاندان کے ساتھ رہائش پذیر تھے۔ تنگ ڈیوڑھی عبور کر کے قدرے کشادہ سیڑھیاں آئیں جو پہلی منزل کے صحن میں کھلتی تھیں اور صحن کی بھرپور روشنی آنکھوں کو چکا چوند کر دیتی تھی۔ صحن کے اردگرد دالان اور کمرے تھے۔ حنا کا چھوٹا بھائی صحن میں کرکٹ کی پریکٹس کر رہا تھا جس کی عمر دس بارہ سال تھی۔ ایک عام سا متوسط طبقے کا گھر جہاں کی صفائی ستھرائی اس گھر کی منتظمہ کے سگھڑ ہونے کا ثبوت دے رہی تھیں۔ حنا کے چھوٹے بہن بھائی بھی طالب علم ہی تھے اور مختلف سکول کالجوں میں پڑھتے تھے۔ گھر کے افراد کی بے تکلفی اور محبت سجاد کو متاثر کر رہی تھی کیونکہ اس کے اپنے گھر کا ماحول کافی خشک تھا۔

''جناب ایم اے کے بعد میرا ارادہ ہے کہ مقابلے کا امتحان دیا جائے۔ میرے والد بیوروکریٹ ہیں۔ اس وقت وہ حکومتِ سندھ میں ہوم سیکرٹری ہیں۔ ہم سرگودھا کے رہنے والے ہیں۔ وہاں ہماری زرعی

اراضی ہے۔ دادا فوج میں تھے۔'' وہ اپنے تئیں حنا کے گھر والوں کو مطمئن کرنے کی کوشش کر رہا تھا۔

امتحان آئے اور ختم ہو گئے اور وہ واپس اسلام آباد آ گیا۔ اس وقت اسلام آباد کو بسے محض دس سال ہی ہوئے تھے۔ ابھی شہر ویران ہی تھا۔ اس نے حنا سے وعدہ کیا تھا کہ اسے روز خط لکھے گا۔ اس نے اسلام آباد آتے ہی مقابلے کے امتحان کی تیاری شروع کر دی۔ ساتھ میں وہ ماں کو بھی قائل کرنے کی کوشش کرتا رہا۔ اور ماں اسے یہ سمجھانے کی کوشش کرتی رہی کہ اگر اس کا رشتہ خاندان میں نہ کیا تو اس کی بہنوں کے رشتے خاندان میں کیسے ہونگے۔ اور اگر وہ لوگ ان کے سٹیٹس کے نہ ہوئے تو......؟ وہ بہت مشکل سے ماں کو راضی کر کے لاہور لے گیا۔ کرشن نگر یوں بھی متوسط علاقہ ہے۔ وہاں پہنچتے پہنچتے ماں کا موڈ خراب ہو گیا۔

''اب تم ان بھول بھلیوں والی گلیوں میں لے آئے ہو کہ بندہ دوسری بار نہ آ سکے۔''

(اب آگے کی کہانی سجاد کی زبانی)

میں آج تک یہ سمجھنے سے قاصر ہوں کہ آخر ہم لوگ چاہتے کیا ہیں؟ ہمیں رشتے کرتے ہوئے طبقاتی فرق، حُسن، نمود و نمائش ہی کیوں نظر آتے ہیں جبکہ کردار، اقدار اور بحیثیت انسان ہونا ہمیشہ پسِ پشت ڈال دیا جاتا ہے۔ لڑکی یا اس کا گھرانہ اگر آپ کے معیار کے مطابق نہیں ہے تو آپ انکار تو کرتے ہیں ہی لیکن دوسروں کی دلآزاری کے مرتکب بھی ہوتے ہیں۔ اگر لڑکی آپ کے بیٹے کی پسند ہو تو کیا ضروری ہے کہ لازماً وہ لڑکی حرافہ ہی ہوگی جس نے آپ کے معصوم بیٹے کو اپنے چنگل میں پھنسا لیا ہے۔ اور اس بات کا آپ برملا اظہار اس کے منہ پر کر دیتے ہیں۔ کچھ یہی سلوک میری ماں نے بھی حنا کے ساتھ کیا۔ حنا کا کیا تھا، وہ تو دوسرے کمرے نظریں جھکائے اپنے اوپر الزام تراشی سن رہی تھی لیکن اس کی ماں ہکا بکا ہماری طرف دیکھ رہی تھی کہ چند مہینے پہلے تو یہ لڑکا بہت ملنساری سے مل کے گیا ہے اب اس کی ماں ایسے کیوں کر رہی ہے؟ اب پچھلے کوئی اٹھارہ بیس سالوں سے زمانہ بہت ایڈوانس ہو گیا ہے۔ لوگوں کے پاس ضرورت سے زیادہ پیسہ آ گیا ہے لیکن یہ سن ستر کی بات تھی زندگی ابھی پُر تعیش نہیں ہوئی تھی لیکن میری ماں اپنے خاندان، امارت اور بیوروکریسی کا رعب ڈالنے کی کوشش کر رہی تھی...... وہ بھی سرکاری کالج کے لائبریرین کی معمولی تعلیم یافتہ بیوی پر۔ میں نے ماں کو روکنے کی کوشش کی لیکن ناکام رہا آخر اٹھا اور حنا کی والدہ کو اللہ حافظ کہہ کر ماں کو ان کے گھر سے لے گیا۔ میں نے تمام راستے ماں سے کوئی بات نہ کی۔ ہم جی او آر اپنے ایک رشتہ دار کے ہاں پہنچے جہاں ہم ٹھہرے ہوئے تھے تو ماں نے مجھے خاندانی اقدار، اچھے مستقبل وغیرہ پر مفصل لیکچر دیا کہ وہ میری شادی وہیں کریں گی جہاں انہیں میرا مستقبل تابناک نظر آئے گا۔ اگلے روز اسلام آباد جانے سے پہلے میں نے حنا کے نام ایک معزرتی خط لکھا اور اسے جواب دینے کی ہدایت کی۔

اس خط کا کبھی جواب نہ آیا۔ ہر روز بہت امید کے ساتھ میں اپنی ڈاک دیکھتا۔ گھر کے ملازموں کو

بھی کہہ رکھا تھا کہ میری ڈاک فوراً مجھ تک پہنچائی جائے اور کسی اور کے حوالے نہ کی جائے۔لیکن کوئی جواب نہ آیا۔ چند ہفتے بعد یہ ترکیب نکالی کہ ہر تیسرے دن حنا کو خط لکھا جائے۔لیکن یہ بھی کارگر ثابت نہ ہوا۔اسی طرح چھ مہینے گزر گئے اور میرے امتحان قریب آ گئے۔ مجھے راولپنڈی میں ایک انگریزی اخبار میں پروف ریڈنگ کی ملازمت مل گئی تھی اور میں یہ نوکری صرف وقت گزاری کے لئے کر رہا تھا۔ بالآخر مقابلے کے امتحان کا نتیجہ آ گیا۔ میری پورے پاکستان میں اٹھائیسویں پوزیشن آئی تھی۔امید واثق تھی کہ فارن سروس کا چانس بنے گا۔ میں ٹریننگ کیلئے کراچی گیا تو ابا سے ملاقات ہوئی تو ان سے بھی اس موضوع پر بات کی۔ان کی گفتگو سے لگتا تھا کہ امی نے ان سے اس بارے میں تفصیل سے بات کر رکھی ہے۔ان کی طرف سے امید افزاء جواب نہ پا کر میں مایوس ہو گیا۔ ہمارے زمانے میں لڑکی کو بھگانے کا اتنا رواج نہ ہوا تھا اور یہ بات جتنی معیوب آج ہے اس سے کہیں زیادہ معیوب تب سمجھی جاتی تھی۔ یہ خیال دل میں آیا تو خود پر اتنی لعن طعن کی کہ ارادہ بدلنا پڑا۔

ٹریننگ کے بعد مجھے فارن سروس پہ برما بھیج دیا گیا۔ میں نے کبھی زندگی میں سیاحت نہیں کی تھی۔کبھی فرصت ہی نہ ملی۔اب اللہ کی ذات نے موقع دیا تو میں خوشی سے اپنی نئی منزل کی جانب چل پڑا۔ حنا کو میں کبھی نہیں بھولا۔اپنے دل کو یہ کہہ کر تسلی دیتا رہا کہ اس کے خاندان والے کب تک اسے بٹھائے رکھیں گے اس کی شادی ان تین سالوں میں ہو چکی ہوگی۔اب کیا ہو سکتا ہے اللہ اسے جہاں رکھے خوش رکھے۔ دو سال بعد میں پاکستان لوٹ کے آیا تو والدین کو میرے سر پہ سہرہ سجانے کا چاؤ چڑھ گیا۔ مجھے بتایا گیا کہ میری خالہ زاد سعدیہ سے میری شادی ہو رہی ہے۔ میرے خالو بریگیڈیر تھے اور ان کی تین بیٹیاں تھیں۔انتہائی مغرور اور نک چڑھی۔ پتہ نہیں میرے والدین نے کیا سوچ کے یہ رشتہ طے کیا تھا۔خیر شادی ہوگئی لیکن سعدیہ اور میں ایک نہ ہو سکے۔ زندگی کے چوالیس سال ساتھ گزارنے کے باوجود ہماری ایک دوسرے کے لئے حیثیت ریلوے سٹیشن کے پلیٹ فارم پہ کھڑے دو مسافروں سے زیادہ نہ ہو سکی جو اپنی اپنی ریل گاڑی کے آنے کا انتظار کر رہے ہیں۔

کچھ دنوں میں یہ تاثیر ہوتی کہ وہ وقت کے تابع نہیں ہوتے، ہماری دلی کیفیت کے مطابق رہتے ہیں۔ کچھ ایسا میرے ساتھ بھی ہوا۔ برما کی خوبصورتی نے میرے تخیل کو جلا بخشی اور دفتر کے علاوہ میرا باقی وقت حنا کو سوچتے ہوئے گزرتا۔ وقت گزرنے کا احساس بھی نہ ہوا اور تین سال گزر گئے اور میں چھٹیوں پر گھر آیا تو میرے آتے ہی والدین نے شادی کی تاریخ مقرر کر دی جس کو میں پچھلے ایک ڈیڑھ سال سے ٹالتا آ رہا تھا۔لیکن دل میں اُمنگ نام کی کوئی چیز نہیں تھی۔اپنی ہونے والی بیوی کے مزاج سے بخوبی آگاہ تھا اور یہ کچھ کچھ باعثِ تکلیف بھی تھا۔ میں بہت باتونی تو نہیں تھا، کچھ قریبی دوست میرے مزاج سے واقف تھے، جن سے خوب گپ شپ لگتی۔ان میں حنا بھی تھی۔ دل میں خوشی کی جگہ کچھ وسوسے جنم لے رہے تھے۔ پتہ

نہیں میرے ساتھ بیوی کی بنے گی یا نہیں؟...... ماں اوران کی بھانجی میں سلوک رہ پائے گا یا نہیں؟؟ میرا تخیل اور میری ذاتی زندگی کس حد تک آزاد رہ پائے گی؟؟؟ وغیرہ وغیرہ۔

اور کچھ ہوا یا نہیں......شادی ہوگئی جس کے سائیڈ افیکٹ آج تک بھگت رہا ہوں۔شادی سے پہلے ہی میری پوسٹنگ وزارتِ داخلہ میں ہو چکی تھی۔اب کہیں جانے کا سوال ہی کیا تھا۔چپ چاپ شادی شدہ زندگی گزارنے لگا۔زندگی جینا کچھ اور ہے اور گزارنا کچھ اور۔سعدیہ کے بارے میں جتنے بھی خدشات تھے ساتھ رہنے کے بعد کئی گنا اضافہ کے ساتھ سامنے آئے۔اگر چہ کہ اس وقت رابطے کے ذرائع محدود تھے لیکن وہ میری اور میرے گھر کی تمام رپورٹ خالہ کو دینے کی عادی تھی۔اسے بارہا منع کیا لیکن کوئی فرق نہ پڑا۔سختی سے بھی کہہ کے دیکھ لیا لیکن ہنوز وہ آج تک باز نہیں آئی۔اب خالہ تو حیات نہیں ہیں لیکن اپنی دونوں بہنوں سے سارا کچھ ڈسکس کرنا اپنا اولین فرض سمجھتی ہے۔کچھ یہی حال میری دونوں سالیوں کا بھی ہے۔ان کے گھر کی پل پل کی خبر ہمارے گھر پہنچائی جاتی ہے۔اللہ کا شکر ہے کہ میری بیٹی نہیں ہے نہیں تو وہ بھی اس گھٹیا عادت کا شکار ہوتی۔امی اس رویے پر کڑھا کرتی تھیں لیکن وہ کر کچھ نہیں سکتی تھیں۔پتہ نہیں بیٹیوں کی تربیت کرتے ہوئے ہم یہ معمولی بات نظر انداز کیوں کر دیتے ہیں جو بعد میں گھر برباد ہونے کا سبب بنتی ہیں۔ خالہ سے جب بھی سعدیہ کے رویے پر بات ہوئی ان کا موقف یہی ہوتا کہ ابھی بچپنا ہے بچوں کے بعد میچور ہوجائے گی۔ماؤں کا یہ موقف ان گنت مردوں کی پوری زندگی اجیرن رکھتا ہے۔

یوں تو پہلی اولاد والدین کو زیادہ عزیز ہوتی ہے اسی طرح میرا بڑا بیٹا ذیشان مجھے بہت عزیز ہے۔وہ اس وقت چار برس کا تھا اور میں اس کے لئے چند رنگین تصویروں والی کتابیں ایک دکان سے خرید رہا تھا کہ کسی نے میرا نام پکارا۔میں نے چونک کر دیکھا تو عادل تھا میرا کلاس فیلو۔میں بہت خوشی اور ملنساری سے اسے ملا۔وہ گورڈن کالج راولپنڈی میں لیکچرار تھا۔اوکاڑہ سے ٹرانسفر ہو کر آیا تھا۔ہم نے ایک دوسرے کے پتے اور ٹیلیفون نمبر نوٹ کئے اور پھر سے ملنے کے وعدے بھی کئے۔ہماری کوشش ہوتی کہ مہینے میں کم از کم ایک چھٹی کا دن اپنی مرضی کا گزارتے۔کبھی کسی ادبی محفل میں چلے جاتے......کبھی کسی ریستوران میں گپ شپ لگاتے۔کبھی شہر کے مضافاتی علاقوں میں ٹریکنگ کے لئے نکل جاتے۔ایک دن عادل کا فون آیا کہ لاہور سے ہمارے ایک کلاس فیلو نے بذریعہ ٹیلیفون ہمیں کالج کی المنائی میں شرکت کی دعوت دی ہے۔مجھے سوچ کے ہی سرُور آ گیا کہ تعلیم ختم ہو جانے کے دس سال بعد اپنے کلاس فیلوز سے ملاقات ہوگی۔دل کے ایک کونے میں امید کی ایک کرن یہ بھی جاگی کہ شاید حنا سے ملاقات ہو جائے......شاید وہ بھی المنائی میں آئے۔

اسی امید پہ دفتر میں چھٹی کی درخواست دے دی اور مقررہ وقت پر لاہور چلا آیا۔المنائی کا پنڈال اوول میں سجا تھا۔گورنمنٹ کالج کے گیٹ میں داخل ہوتے ساتھ ہی میں اپنے حال سے بیگانہ ہو گیا......دس

سال پرانا وقت لوٹ آیا۔ روشنی سے بقعۂ نور بنی عمارت اور سامنے گراؤنڈ میں روشن شامیانے۔ عادل اور میں اپنا پرانا وقت یاد کرتے ہوئے شامیانے میں داخل ہوئے تو میری نظر سب سے پہلے کپتان پہ پڑی۔ کپتان اشفاق ہم سے ایک سال سینئر اور کالج کی کرکٹ ٹیم کا کپتان تھا۔ میں بہت تپاک سے اسے ملا اور پھر اساتذہ کی جانب گیا تو وہاں مجھے ایک جانی پہچانی آواز سنائی دی...... وہ جانی پہچانی آواز حنا کے علاوہ کس کی ہو سکتی تھی۔ ایک لمحے کے لئے یوں لگا کہ گویا دل نے دھڑکنا چھوڑ دیا ہو۔ ہاں...... وہ حنا ہی تھی...... ویسی ہی خوبصورت...... آنکھوں میں ویسی ہی چمک...... یوں لگ رہا تھا کہ جیسے بیچ کے دس سال اسے چھوئے بنا ہی گزر گئے ہوں۔ میں فوراً اس کے سامنے جا کھڑا ہوا وہ چونک گئی اور آنکھوں میں آنسو بھر کر بولی۔

''آخر تم آ ہی گئے۔'' اس کی آنسو بھری آنکھوں میں نہ جانے کیا تھا کہ میرا دل اس فنکشن سے اُچاٹ ہو گیا۔ میں جس مقصد کے لئے آیا تھا وہ پورا ہو گیا۔ میں نے اس کا ہاتھ تھاما اور پنڈال سے باہر نکل گیا۔ فنکشن میں کیا ہوتا رہا...... اساتذہ اور طلبہ کون کون سے واقعات سناتے رہے...... ہمیں آوازیں تو آتی رہیں لیکن وہاں ان سب کو سننا کون کافر چاہتا تھا۔ اس کا ہاتھ تھامے میں برآمدے کی سیڑھیوں پر بیٹھ گیا۔ کچھ دیر تو اس کے وجود کا اضطراب مجھ پر طاری رہا۔ دھیرے دھیرے اس نے بولنا شروع کیا۔ وہ سوال پوچھتی گئی اور میں جواب دیتا رہا۔ والدین، بہن بھائی، نوکری، شادی، بیوی، بچے اور آخر میں مَیں...... پتہ نہیں ان دس سالوں میں کتنا عرصہ اس نے صرف میرے بارے میں سوچتے گزار دیا۔ اور جب میں نے اس سے پوچھا کہ تم نے ان دس سالوں میں کیا کِیا؟ تو اس نے جواب اس طرح دیا کہ جیسے اس کی زندگی کے دس سال نہیں دس دن گزرے ہوں۔

میں ایک کالج میں لیکچرار ہوں سجاد۔ بہنوں کی شادی ہو گئی ہے۔ مجھ سے بڑا بھائی رضا ابوظہبی میں ایک ریفائنری میں کام کرتا ہے۔ چھوٹا بھائی بی کام کر رہا ہے۔ ابو اور چچا اپنے اسی پرانے کاروبار میں مصروف ہیں۔ ہم نے کرشن نگر والا گھر بیچ دیا ہے۔ اب ہم علامہ اقبال ٹاؤن میں رہتے ہیں۔ عید پر رضا آ رہا ہے۔ چچا کی بیٹی سے اس کی شادی ہو جائے گی۔'' میں یہ سننے کے لئے منتظر تھا کہ کب وہ اپنے بارے میں بات کرے گی لیکن وہ خاموش ہو گئی۔ مجھے لگ رہا تھا کہ وہ مجھ سے اپنے بارے میں کوئی بات نہیں کرنا چاہتی۔ ڈھیٹ بن کر میں نے خود ہی پوچھ لیا۔

اور تم نے اپنے بارے میں کچھ نہیں بتایا حنا...... تمہاری شادی کہاں ہوئی؟ تمہارا شوہر کیا کرتا ہے؟ کتنے بچے ہیں؟ کہاں رہتی ہو؟'' اس نے میری بات کا کوئی جواب نہیں دیا۔ تھوڑے وقفے کے بعد بولی۔

''کیا تمہیں لگتا تھا کہ میں شادی کر لوں گی؟ میں نے ابھی تک شادی نہیں کی۔'' اب پریشان ہونے کی باری میری تھی۔

''تم نے ایسا کیوں کیا حنا؟ زندگی ایسے نہیں گزرتی۔ کیا تم اب بھی میرا انتظار کررہی ہو؟'' وہ مسکرائی اور بولی۔

''میرا انتظار تو کب کا ختم ہو چکا ہے۔ یہ سچ ہے کہ میں نے تم سے محبت کی لیکن تم مجھے کبھی میسر ہی نہ آئے تو مجھے تمہاری محبت کے احساس سے محبت ہوگئی۔ میں نے تمہیں محسوس کیا ہے سوتے جاگتے، چلتے پھرتے، تہواروں پہ...... ہر لمحہ......'' وہ خاموش ہوگئی۔ اچانک ہی ہمارے ڈپارٹمنٹ سے گانا الاپ کرنے کی آواز آئی۔

جِھیاں تن میرے لگیاں تینوں اک لگے تے تُو جانے

غلام فرید ادل او تھے دیئے جتھے اگلا قدر وی جانے

اس آواز سے ہم دونوں بہت اچھی طرح واقف تھے۔ یہ مبین تھا ہم سے کافی سینئیر ......اس کی آواز پر ہمیشہ المنائی کا فنکشن ختم ہوا کرتا تھا۔ مجھے حنا کی صحبت میں وقت گزرنے کا احساس نہ ہوا لیکن میں ابھی بھی حنا سے ملنا چاہتا تھا۔ میں چاہتا تھا کہ کچھ ایسا ہو جائے کہ ہم یہیں بیٹھے رہیں۔ لیکن یہ ممکن نہ تھا۔

''کیا تم مجھے کل مل سکتی ہو؟'' میں نے پوچھا۔

''سجاد، تم نے میرے دل کی بات کہہ دی۔ کل جمعہ ہے۔ صبح ملتے ہیں...... وہیں جہاں ہم اپنی دوپہریں گزارا کرتے تھے۔ باغِ جناح میں لائبریری کے سامنے والی پہاڑی پہ۔ دیکھو انکار مت کرنا ......قسمت سے ملے ہو۔ ابھی تمہیں ٹھیک سے دیکھا نہیں کہ وقت ختم ہو گیا۔ میں صبح گیارہ بجے آجاؤں گی۔ تم بھی پہنچ جانا۔'' اس نے اپنے اور میرے دل کی بات کہہ دی۔

صبح مقررہ وقت سے چند منٹ قبل میں مقررہ جگہ پر پہنچ گیا۔ وہ ابھی نہیں آئی تھی۔ باغِ جناح ویسا ہی تھا جیسا دس سال پہلے تھا۔ یہاں کی خوبصورتی دیکھ کر یقین آتا ہے کہ لاہور کو باغوں کا شہر کیوں کہتے ہیں۔ آدھا گھنٹہ گزر گیا وہ نہ آئی۔ مجھے لگ رہا تھا کہ وہ نہیں آئے گی۔ تقریباً چالیس منٹ بعد کسی کے قدموں کے چاپ سنائی دی۔ دیکھا تو سورج کی تمازت سے تمتماتے ہوئے چہرے کے ساتھ وہ وارد ہوئی۔ وہ آج بھی اتنی ہی اچھی لگ رہی تھی۔ اسے دیکھ کر یوں محسوس ہوا جیسے صحرا میں بارش کا پہلا قطرہ۔

''یہ سچ ہے کہ آج بھی تم سے محبت کرتا ہوں، تم میری زندگی کا محور ہو۔ آج تک میں تمہیں بھول نہیں سکا۔ مجھے معاف کردو کہ میں اس وقت کوئی سٹینڈ نہیں لے سکا۔ لیکن یہ بھی حقیقت ہے کہ میرے دل نے آج تک تمہارے علاوہ کسی کو قبول نہیں کیا۔ یہاں تک کہ شادی کے چھ سال ساتھ گزارنے کے باوجود میں نے دل سے سعدیہ کو قبول نہیں کیا۔ مجھے تمہاری محبت کے ساتھ ہی جینا ہے۔ تم میری امید ہو۔ مجھے اس بار ناکام نہیں کرو...... میں بکھر جاؤں گا۔" وہ خاموشی سے میری بات سُن رہی تھی مجھے لگا کہ وہ انکار کردے

گی۔ دفعتاً اس نے اپنے ہاتھ میں میرا چہرہ لیا اور مجھ سے مخاطب ہوئی۔

''سجاد! عورت اپنا محبوب کبھی نہیں بدلتی۔ یہ میری قوتِ ارادی ہے کہ میں نے کسی کو قبول نہیں کیا۔ تم میری زندگی کا سب سے بڑا سچ ہو۔ میں تمہیں اپنی محبت کی حرارت سے زندہ رکھونگی۔''

فروری کی خوشگوار دھوپ میں مَیں کھڑا ہوا اور سامنے گھاس پر لیٹ گیا۔ میں اس دھوپ کو اپنے اندر جذب کر رہا تھا، آنکھیں موندے سو نہیں رہا تھا لیکن میں اس کی موجودگی سے باخبر تھا۔ گھاس، بہار کی آمد کی خوشبو، اس کے سینٹ کی مہک اور سب سے بڑھ کر عورت کے اپنے جسم کی خوشبو۔ وہ میرے قریب بیٹھی مجھے محبت بھری نظروں سے تک رہی تھی۔ اس وقت ہم دونوں دنیا سے بیگانے وہاں نہ جانے کتنی دیر خاموش بیٹھے رہے۔ کچھ دن وقت اور حالات کے تابع نہیں ہوتے، وہ بھی ایسا ہی ایک دن تھا۔ مجھے نہیں پتا اس کیفیت میں کتنا وقت گزرا۔ میں ایک سرُور میں تھا جب اس نے جانے کی اجازت چاہی میں نے وقت دیکھا تو ہمیں وہاں بیٹھے چار گھنٹے سے زائد وقت ہو چکا تھا۔ ہم نے ایک دوسرے سے رابطہ کے لئے پتے نوٹ کئے اور اپنے اپنے راستے نکل گئے۔

میں اسی دن اسلام آباد واپس آ گیا۔ اگلے دن میں نے دفتر سے اس کو ایک عرصے بعد خط لکھا اور جواب دینے کی تاکید کی۔ تین دن کے بعد خط کا جواب میرے میز پر تھا۔ پھر یہ سلسلہ چل نکلا۔ ہم ہر دو تین دن بعد ایک دوسرے کو خط لکھنے لگے اور رابطہ مستقل کی بنیادوں پر ہونے لگا۔ حنا سے رابطے کے بعد میں بیوی سے کچھ کٹ سا گیا۔ ایک عارضی سا شرعی تعلق جو تھا اسے بھی روا رکھنے سے گریز کرنے لگا۔ اس کے بعد سعدیہ سے میری نوک جھونک مستقل بنیادوں پر ہونے لگی۔ میں اس کو وقت دینا چاہتا تھا لیکن میرا دل راضی نہ ہو سکا۔ میں کیا سوچتا ہوں اور کیا محسوس کرتا ہوں سعدیہ اس معاملے میں دماغ اور دل کے بجائے زبان کا وافر استعمال کرنے لگی۔ لیکن وہ بیوقوف عورت اس بات سے بے خبر تھی کہ جب کوئی عورت مرد کے دل سے اترتی ہے تو وہ لاتعلق ہو جاتا ہے۔ انہی دنوں میرا چھوٹا بیٹا سفیان پیدا ہوا۔ سب کی نظروں میں میری فیملی مکمل ہو چکی تھی جبکہ خود کی نظر میں مَیں ادھورا تھا۔

گاڑی سٹارٹ ہونے کی آواز سے میں قدرے چونکا۔ نظر گھڑی پر گئی، صبح کے آٹھ بج رہے تھے۔ لازمی بات ہے کہ ذیشان بچوں کو سکول چھوڑنے جا رہا ہے۔ میں اب تک نماز کے بعد صوفے پہ ہی بیٹھا تھا۔ جانے کب آنکھ لگی اور بیتی ہوئی زندگی فلم کی طرح چلنے لگی اور میں جاگتی آنکھوں سے سب کچھ اپنی آنکھوں سے محسوس کرنے لگا۔ بستر پر سعدیہ بے سُدھ سوئی پڑی تھی۔ پوری زندگی میں نے اپنی بیوی کو کبھی صبح سویرے اٹھتے نہیں دیکھا تھا۔ اس بارے میں بات کرنا تو بالکل ہی فضول تھا۔

وہ ہمت کر کے کمرے سے نکلا اور ٹی وی لاؤنج میں جا بیٹھا کیونکہ اندر سعدیہ سو رہی تھی۔ اتنے

میں ذیشان بچوں کوسکول چھوڑتا ہوا اندر داخل ہوا اور مجھ سے استفسار کرنے لگا۔
''ڈیڈی! رات آپ کی مما سے بحث ہورہی تھی؟'' میں قدرے جھینپ گیا کہ اب اولاد کے سامنے کیا کہوں۔
''یار! وہ مجھے بولنے ہی کب دیتی ہے۔ کچھ کہہ دو تو اونچا بول کر سچا بننے کی کوشش کرتی ہے۔''
''ڈیڈی آپ تو ایسے کہہ رہے ہیں جیسے مجھے پتہ نہیں۔ بچپن سے یہ ڈراما دیکھتے آ رہے ہیں۔ آپ منہ پر تنقید کر دیتے ہیں۔ مجھے دیکھیں، میں نے اپنا منہ بند رکھا ہوا ہے۔ اور وہ بھی اس لئے کہ میری بیٹی ہے۔''
''میں تمہیں کیا کہوں......؟ تم اور میں تو ایک ہی کشتی کے سوار ہیں۔ ثوبیہ بھی تو تمہاری ماں کا پرتو ہے۔'' میری بات کے جواب میں ذیشان ایک ٹھنڈی آہ بھر کے بولا۔ ''Daddy!you know,sometimes we have to adjust whether I love my wife or not but now this ridiculous married life has become responsibility for my children."
''تم ٹھیک کہتے ہو، پوری زندگی نہ نگل سکا اور نہ اُگل سکا۔ بس بچوں کی طرف ہم دونوں متوجہ رہے۔ ایک دوسرے کی فیلینگ کا خیال ہی نہیں کیا۔ اور اب جب میں دل کی بات تمہاری ماں سے کرنا چاہتا ہوں تو وہ میری بات کو اہمیت نہیں دیتی۔ میرے دل کی باتیں سننا نہیں چاہتی، اگرچہ کہ دوسرے کو سننا سکھ کا باعث ہے۔''
آج شاید میرے بیٹے کا دل بھی بھرا ہوا تھا۔ میری بہو ثوبیہ خالصتاً سعدیہ کی پسند تھی اور ہوتی کیوں نہ......اس کی سگی بھانجی جو تھی۔
''لیکن ڈیڈی رات آپ لوگ بحث کیوں کررہے تھے؟'' اتنے میں ملازم چائے لے آیا۔
''او یار! اب ہم دونوں مل کے باتیں کررہے ہیں...... نہ ہم نے ٹی وی آن کیا، نہ موبائل دیکھا......بس ایک دوسرے سے بات کررہے ہیں۔ ایک دوسرے کے جو دل میں ہے وہ ڈسکس کررہے ہیں یہ تمہاری ماں سے نہیں ہوتا۔ اس کے پاس بکواس ڈراموں کے لئے وقت ہے میرے لئے نہیں ہے۔ اب بندہ اس بات پہ بولے بھی نا۔ یار چوالیس سال شادی کو ہو گئے ہیں، میرے دل میں بہت باتیں ہیں جو میں مرنے سے پہلے کرنا چاہتا ہوں اور بہتر ہے کہ میں اپنے دل کی بات اپنے جیون ساتھی سے کروں مگر تُف ہے اس عورت پہ کہ اس کے پاس میرے علاوہ سب کے لئے وقت ہے۔''
میرے اس طرح کے شکوے سے ذیشان کو محسوس ہوا کہ عمر کے آخری دور میں وہ بیٹے کے سامنے بیٹھا شکوہ کررہا ہے۔ اس نے طے کیا کہ وہ اپنے باپ کی دل کی بات سنے گا۔ اس میں حرج بھی نہیں ہے۔ ڈیڈی خاموش طبیعت بندے ہیں۔ اس عمر میں اگر ان کے ساتھ زیادہ وقت گزار بھی لیا تو کیا ہے۔ وہ نوکری

میں اتنا مصروف تھا کہ کبھی باپ کی تنہائی کا خیال نہ آیا۔ اُلٹا ماں کے ہی شکوے سنتا رہتا کہ ڈیڈی کی وجہ سے ان کی زندگی اچھی نہیں گزری۔ وہ یہ شکوے شکایتیں بچپن سے سنتا آ رہا تھا۔ اسے یاد آیا کہ اس نے اپنی ماں سے یہ الفاظ بھی سنے تھے کہ تمہارا کسی اور عورت کے ساتھ کوئی چکر ہے جو تم گھر نہیں ٹکتے وغیرہ وغیرہ۔

''ڈیڈی! اگر آپ شام کو فری ہوں تو ہم دونوں ذرا واک پہ چلیں، آپ بھی فریش ہو جائیں گے اور آپ مما کو چھوڑیں...... میرے ساتھ بات کیا کریں۔''

میں کافی حیران ہوا کہ میرے بیٹے کے پاس میرے لئے وقت کدھر سے نکل آیا۔ زندگی مکافاتِ عمل کا نام ہے۔ میں اپنی شادی کے معاملے کے بعد والدین سے کچھ کٹ سا گیا تھا۔ ان کے ساتھ رہتے ہوئے بھی کچھ اجنبی سا تھا۔ اسی اجنبیت میں دھیرے دھیرے سب سے اس حد تک دور ہو گیا کہ ان کی آخری سانسوں تک خیال ضرور کیا، احساس کیا لیکن جان بوجھ کے وقت نہیں دیا۔ وقت کیوں نہیں دیا اس کی وجہ صرف میری لاحاصل محبت تھی جس کی تشنگی آج بھی مجھے دنیا بھر سے بیزار کر دیتی ہے۔ مجھے امید تھی کہ میں نے والدین کو وقت نہیں دیا۔ یہ بچے مجھے بالکل وقت نہیں دیں گے۔ لیکن اب جبکہ میرا بیٹا مجھے کہہ رہا تھا تو پہلے تو میں نے یقین ہی نہ کیا۔

''یار تم دفتر جاؤ، شام میں بات کریں گے۔ ابھی تو تمہیں دفتر سے دیر ہو جائے گی۔'' یہ کہہ کر جان چھڑائی۔ اتنے میں ملازم نے ناشتہ لگا کر ہم دونوں کو آواز دی۔ اب ہم گھر کے مرد ناشتہ کریں گے اور گھر کی خواتین ابھی بیدار نہیں ہوئیں۔

میں اپنی روزمرہ کی ہلکی پھلکی مصروفیت میں بھول گیا کہ مجھے ذیشان کے ساتھ باہر جانا ہے۔ میں سہ پہر کے وقت کچھ آرام کر رہا تھا تو کمرے میں ذیشان آن دھمکا۔

''ڈیڈی آپ تیار نہیں ہوئے؟'' میں بھول چکا تھا لیکن وہ الماری سے میرے لئے کپڑے نکالنے لگا۔ کوئی آدھے گھنٹے بعد ہم دونوں گھر سے نکل گئے۔ گاڑی میں بیٹھتے ہی میں کچھ چوکنا سا ہو گیا کہ اسے کیا پڑی ہے کہ مجھے یونہی باہر لے کے جا رہا ہے۔ ایک شک سا گزرا ہو نہ ہو اسے لازماً اس کی ماں نے کہا ہے کہ باپ سے اُگلواؤ۔ وقت بدل گیا ہے لیکن میں یہ نہیں بھولا کہ گریجویشن میں جانے سے پہلے تک ذیشان ماں کا جاسوس ہوا کرتا تھا۔ مجھ پہ کافی نظر رکھتا تھا، خاص طور پر جب میں فون پر مصروف ہوتا تھا۔ اس زمانے میں موبائل فون کا تو رواج نہیں تھا لیکن سعدیہ کو شک تھا کہ میں کسی اور کے ساتھ تعلق میں ہوں۔ یہ بات کوئی ڈھکی چھپی تو تھی نہیں انسان کا رویہ ہی بتا دیتا ہے لیکن اس معاملے میں عورت کا دل مرد سے زیادہ تیزی سے کام کرتا ہے۔ میں نے بھی کوئی کچی گولیاں تو کھیلی نہیں تھیں میں تقریباً روز ہی حنا سے بات کرتا تھا لیکن دفتر سے۔ خیر گاڑی جیسمین گارڈن کی پارکنگ میں داخل ہوئی۔ گاڑی سے اتر کر ہوا کے پہلے جھونکے

نے گویا میرا استقبال کیا ہو۔ اگر چہ بہار کی آمد آمد تھی لیکن اسلام آباد میں ابھی بھی کسی قدر خنکی چل رہی تھی۔ ویسے بھی زندگی کے اڑھائی سال جو لاہور کی سڑکوں پر پیدل چلتے ہوئے، باغوں میں گھومتے ہوئے آزادی کا جو احساس اس وقت تھا مجھے ہوا کے اس جھونکے نے تر و تازہ کر دیا۔

سورج غروب ہونے میں کچھ وقت تھا ہم دونوں ارادتاً ایک ایسے قطعے کی جانب بڑھے جو آباد نہیں تھا۔ میز کے گرد چند خالی کرسیاں زندگی کی بے ثباتی بیان کر رہی تھیں۔ میں ان کی جانب بڑھا اور سورج کی جانب رُخ کر کے بیٹھ گیا۔ حنا کو سردیوں کی دھوپ کس قدر پسند تھی، دھوپ میں اس کی رنگت تمتمانے لگتی۔ کالج کے شروع کے دنوں میں مَیں اسے چور نظروں سے دیکھا کرتا تھا۔ جب ہماری بے تکلفی ہوگئی تو تب بھی اسے اسی طرح بے تکان دیکھنا میرا پسندیدہ مشغلہ تھا۔ وہ اپنی ناک کس طرح سکیڑتی ہے، کچھ سوچتے ہوئے کس طرح بال پین کی نوک منہ میں دباتی ہے، ہوا اس کی لہراتی ہوئی زلفوں کے کون کون سے زاویے بناتی ہے۔ ہائے...... میں کیا یاد کروں اور کیا بھول جاؤں؟

یادِ ماضی عذاب ہے یارب   چھین لے مجھ سے حافظہ میرا

ڈوبتے ہوئے سورج کے چند کرنیں بادلوں کو نارنجی کرتی ہوئی شعاؤں کی صورت میں افق پر پھیل رہی تھیں۔ میں یہ منظر دیکھنے میں اتنا مگن تھا کہ مجھے پتہ ہی نہیں چلا کہ کس وقت ویٹر چائے کا آرڈر لے گیا۔ تازہ چائے کی مہک سے چونک کر میں اپنی خیالی دنیا سے لوٹا تو ذیشان انہماک سے مجھے ہی دیکھ رہا تھا۔ میں کسی قدر جھینپ گیا، لیکن ذیشان نے بلا تمہید ہی بات شروع کر دی۔

''ڈیڈی...... !اتنی گہری اور مخلصانہ محبت ہی ہے کہ آپ ابھی تک بہت فِٹ ہیں۔'' میں اس بات کے لئے ابھی تیار نہیں تھا...... تھوڑا لفظوں سے کھیلنے لگا۔ ''میرے بچے! انسان خود کیلئے جیتا ہے، جس دن اگلے دن کی امید ختم ہو جائے گی آنکھیں ہمیشہ کے لئے بند ہو جائیں گی۔'' وہ اس طرح مسکرایا کہ گویا میرے اندر تک اتر گیا ہو۔

''سچ سچ بتایئے نہ ڈیڈی...... آپ نے ایک بھرپور زندگی گزاری ہے اور یہ لازمی طور پر مما کی وجہ سے تو نہیں ہے۔ ان میں وہ خوبیاں ہی نہیں ہیں جو ایک مرد کو اپنی جانب متوجہ رکھ سکے۔'' میں اپنے بیٹے کی سچائی سن کے حیران رہ گیا۔ اس نے مجھے کسی قدر سنجیدہ اور حیران پا کر اپنی بات کو بڑھایا۔

''آپ نے ہی تو کہا تھا کہ ہم دونوں ایک کشتی کے سوار ہیں لیکن ہم میں بہت فرق ہے۔ ہم دونوں باپ بیٹا ہیں۔ میرے چہرے پہ ویرانی اور اداسی ہے شاید کہ خستگی ہے اور آپ کا چہرہ سنجیدہ ضرور ہے لیکن اس پر زندگی کے اثرات بہت نمایاں ہیں۔''

''کیا تم نے کسی سے محبت کی ذیشان؟'' میرے سوال کے جواب میں اس نے نفی میں سر ہلا دیا۔

''پڑھائی ختم ہوتے ہی شادی کردی آپ نے اور پھر بچے ہوگئے...... خیال ہی نہیں آیا تمام عمر......'' وہ بیزاری سے بولا۔ ہوا کے جھونکے میرے چہرے سے ٹکرائے، فضا میں سبزے اور گیلی مٹی کی ملی جلی خوشبو تھی۔ کہیں دور کسی پرندے کے بولنے کی آواز آرہی تھی۔ اس تمام منظر نے میرے چہرے پہ قوسِ قزح کے رنگ بکھیر دیئے اور میں اس سے اپنی زندگی کے تجربات شیئر کرنے لگا۔

''اب بتاؤ...... تمہاری ماں نے تمہیں کیا کہہ کر میرے ساتھ بھیجا ہے؟'' میں نے چھوٹتے ہی ذیشان سے سوال کیا۔ وہ میرے غیر متوقع سوال سے پریشان ہوگیا۔

''ڈیڈی! آپ ایسا کیوں سوچتے ہیں؟ اور امی ایسا کیوں کریں گی؟'' میں تھوڑا غصے میں کہنے لگا۔

''تم تو بچپن سے ہی ماں کے جاسوس ہو۔ میں یہ بھولا تو نہیں ہوں تم تو مجھ پہ ہمیشہ چیک رکھتے تھے کہ میں کس سے بات کر رہا ہوں کس سے مل رہا ہوں۔'' ذیشان اب خود کو جسٹیفائی کرنے لگا۔

''ڈیڈی...... یار...... تب میں بچہ تھا لیکن یہ یاد کریں کہ بڑے ہونے کے بعد میں نے ایسی حرکت کبھی نہیں کی اور چھوٹے بھائیوں کو بھی اس حرکت سے باز رکھا۔ لیکن آپ کہہ رہے تھے کہ آپ کے دل کی بات مما نہیں سنتیں تو میں نے سوچا کہ ایک عمر میں جا کے باپ بیٹا دوست ہوجاتے ہیں تو کیوں نہ میں آپ سے باتیں کروں تاکہ آپ کی تنہائی کچھ کم ہو۔'' ذیشان کی بات سن کر میرا غصہ تو قدرے کم ہوا تو میں نے اسے سمجھانے کی غرض سے بات شروع کی۔

''یہ بتاؤ کہ اگر کوئی عورت اپنی خوشی سے اپنے شوہر کے لئے چائے بناتی ہے یا اس کی پسند کا کھانا بناتی ہے تو کیا وہ اس کی نوکرانی بن جاتی ہے؟''

''ہرگز نہیں ڈیڈی...... محبت تو نام ہے توجہ اور کیئر کا...... ایسا کرنے سے دل میں جگہ بنتی ہے نا کہ نوکرانی۔'' اس نے فوراً ہی میری بات کی تائید کی۔ میں نے اس کی بات سن کر اپنی بات جاری رکھی۔

''یہی اختلاف ہے میرا اور تمہاری ماں کا۔ اس کے خیال میں ملازم کا کام ہے گھر کا کام کرنا نا کہ بیوی کا۔ جبکہ شوہر کے چھوٹے چھوٹے کا کرنے سے اپنائیت رہتی ہے اور محبت بڑھتی ہے۔'' ذیشان گویا ہو۔

''ڈیڈی! میرے حالات بھی آپ سے کچھ مختلف تو نہیں ہیں، لیکن کیا کِیا جاسکتا ہے؟''

''میری اس خزاں رسیدہ زندگی میں حنا بہار کا جھونکا ثابت ہوئی۔ حنا...... میری پہلی محبت...... جس کی محبت کے سحر میں مَیں اتنا کھو چکا ہوں کہ مجھے کسی کی کوئی پرواہ نہیں ہے۔'' ذیشان حیرت سے میرے چہرے کو تک رہا تھا۔ بات کہاں سے شروع ہوئی...... میرے کالج کے زمانے سے اور میں بے تکان بول رہا تھا۔ میں خود حیران تھا کہ واقعات کی ترتیب اور اتنی تفصیل تو شاید مجھے یاد بھی نہیں تھی۔ مجھے نہیں معلوم کہ کتنا وقت گزرا میں اپنے دل کے پھپھولے پھوڑتا رہا اور ذیشان حیرت سے بت بنا مجھے سن رہا

تھا۔اچانک مجھے وقت کا خیال آیا تو دیکھا ساڑھے دس بج رہے تھے۔

''اب ہمیں چلنا چاہیے یار تمہاری ماں سوچ کی کہ آج تم مجھے ڈیٹ پہ لے گئے ہو۔'' یہ کہہ کے میں نے چھیالیس سال تمام واقعات کو ہنسی میں اڑانے کی ناکام کوشش کی۔اس تمام دورانیہ میں میرا بیٹا ایک لفظ نہ بولا وہ کچھ حیران سا تھا۔پارکنگ کی جانب جاتے ہوئے اس نے سوال کیا۔

''ڈیڈی! جس عورت نے آپ کو تمام زندگی اپنی محبت میں مبتلا رکھا آپ نے اس سے شادی کیوں نہ کی؟''

''جب تم لوگ چھوٹے تھے تو خیال آیا تھا لیکن شاید میں بزدل تھا۔اس کی اشاروں کنایوں والی گفتگو سے لگتا تھا کہ وہ دل سے یہی چاہتی ہے کہ میں اس سے خود شادی کا کہوں لیکن اس اللہ کی بندی نے کبھی بھی نہیں کہا۔وہ تمام عمر میرا انتظار کرتی رہی اور میں حسبِ ضرورت اسے انتظار کرواتا رہا۔'' ذیشان اب میرے بجائے حنا سے ہمدردی محسوس کر رہا تھا۔

''ڈیڈی......! میں محترمہ حنا سے ملنا چاہونگا،اتنی زبردست شخصیت لگ رہی ہیں۔''میں خاموش رہا۔پھر تھکی ہوئی آواز میں بولا۔

''وہ جہاں ہے وہاں سے کوئی لوٹ کے نہیں آتا۔وہ اپنے چھوٹے بھائی کے پاس امریکہ گئی تھی اور وہیں اس کا انتقال ہوگیا۔مجھے اس کی موت کا چوتھے دن پتہ چلا جب میں نے اسے کال کیا اور فون اس کے بھائی نے اٹھایا۔لیکن مجھے یقین ہے کہ جب میں مروں گا تو مجھے کوئی طاقت اس سے ملنے سے نہیں روک سکے گی۔'' ہم گھر کے اندر داخل ہوئے تو وہاں وہی لاتعلقی تھی۔

مجھے یہ تو نہیں پتا کہ میری بہو کیا کر رہی تھی لیکن میری بیوی سعدیہ بستر پر نیم دراز ٹی وی پر ڈراما دیکھنے میں مصروف تھی۔اس نے یہ بھی نہیں پوچھا کہ اتنی دیر تک تم لوگ کہاں تھے؟ کھانا کھایا یا نہیں......میں کھانا لگواتی ہوں۔یہی سوچتے ہوئے میں کپڑے تبدیل کرنے چلا گیا۔باہر آیا تو دیکھا کہ ذیشان ایک ٹرے میں اپنا اور میرا کھانا گرم کر کے لایا ہے۔میں خاموش ہی رہا اور خاموشی سے کھانا کھانے لگا۔

''بخدا ڈیڈی......جس قسم کا رویہ مما کا ہے......میں ایسی بیوی کی جگہ چار چار بیویاں لانے کو تیار ہوں۔میرے والی محترمہ تو سو رہی ہیں۔لیکن میرا آپ جتنا نہ ظرف ہے نہ حوصلہ۔میں ایسی بیوی سے جان چھڑوا لیتا فوراً یہ سوچے بغیر کہ آگے کیا بنے گا۔اس گفتگو کے شروع ہونے پر سعدیہ کا چہرہ دیکھنے لائق تھا۔

ڈیڈی،سارا قصور ہم مردوں کا ہے،ہم کیوں دبتے ہیں اپنی بیویوں سے؟ان کے لئے کماؤ،نان نفقہ کا بندوبست کرو،ان کی ضروریات کا خیال رکھو،بچے پیدا کرواؤ اور بعد میں ابھی میں کھانا خود گرم کر کے لا رہا ہوں۔اپنی بیوی ہے تو سوئی ہوئی ہے کہ وورکنگ وومین ہے کام کر کے تھک جاتی ہے اور مما نے تو اٹھنے

کی زحمت ہی نہیں کی ۔ یہ عزت ہے مردوں کی ہمارے گھر میں ۔ میں تو ان دونوں عورتوں کے سائے سے اپنی بیٹی کو دور رکھنا چاہتا ہوں کہ اسے بھی اپنے جیسا نہ بنا دیں ۔''

سعدیہ کا موڈ تو پہلے ہی خراب ہو رہا تھا لیکن اب تو با قاعدہ تیوریاں چڑھی واضح نظر آ رہی تھیں ۔

''مسئلہ کیا ہے تمہارے ساتھ؟ کیوں فساد برپا کر رہے ہو اور یہ گھٹیا خاندان کے چھوٹے لوگوں کی طرح بی ہیو کرنا بند کرو۔ پہلے یہ تمہارے باپ کا مسئلہ تھا۔ اب ہمارا لوِنگ اسٹینڈرڈ تمہیں بھی مسئلہ لگ رہا ہے، ہو نہ ہو تمہاری برین واشنگ سجاد نے ہی کی ہے۔'' سعدیہ نے اب ہر قسم کا لحاظ چھوڑتے ہوئے اچھی خاصی اونچی آواز میں بولنا شروع کر دیا۔

''مما مجھے کون سکھائے یا سمجھائے گا۔ یہ آپ کی وہ گھٹیا عادتیں ہیں جو ہم تینوں بھائی بچپن سے دیکھتے آ رہے ہیں آپ نے صرف ہمیں پیدا کیا ہے۔ آپ بھول رہی ہیں ہماری پرورش آپ نے نہیں رخسانہ باجی نے کی ہے۔ وہ جب تک ہمارے گھر رہی ہیں ہم انہی کے گرد گھومتے تھے۔ تین سال کی عمر میں جا کے ہمیں معلوم ہوا کہ وہ ہماری ماں نہیں آیا ہے۔ آپ نے کون سا ہمیں سینے سے لگا کر کبھی سلایا تھا اور میری قسمت خراب تھی کہ میں شادی کا فیصلہ خود نہ کر سکا۔ اور آپ جیسی ہی ایک بدبخت میرے پلے باندھ دی۔ شادی کے پہلے ہی سال میں ثوبیہ سے پیچھا چھڑانا چاہتا تھا لیکن علیزے کے اس دنیا میں آ جانے سے میں اپنے ارادے سے باز رہا۔ آپ کی اطلاع کے لئے ارسلان کو خالہ کی بیٹی سے شادی کے لئے میں نے ہی روکا تھا۔ اس وقت تو وہ بیچارہ آپ سے برا بھلا بنتا رہا لیکن آج وہ مجھے اپنا محسن مانتا ہے۔ اس نے اپنی مرضی سے شادی کی ہے اس کی بیوی بہت اچھی اور رکھ رکھاؤ والی ہے اور ویسی ہی تربیت اس نے اپنی اولاد کی کی ہے۔ میں اپنے ولید کے لئے اپنی بھتیجی کا رشتہ کروں گا تا کہ وہ اس کرب سے نہ گزرے جس سے اس کا باپ اور دادا گزر رہے ہیں۔ کہتے ہیں کہ میاں بیوی ایک دوسرے کا پرتو ہوتے ہیں۔ ہم دونوں نے اپنی زندگی ضائع کر دی ہے اور ادھر بیگمات ہیں کہ انہیں ہماری پرواہ تک نہیں ہے۔''

تو تم اب کیا چاہتے ہو؟ طلاق کروانی ہے اس عمر میں میری اور اپنے باپ کی یا تم نے طلاق دینی ہے اپنی بیوی کو؟ اور تم ماں کے سامنے بیٹے کو کھڑا کر دیا ہے خود مظلوم بن رہے ہو۔ تمہیں شرم نہیں آتی۔ جوانی میں اس کلاس فیلو کے چکر میں آہیں بھرتے رہے ہو۔ تم سمجھتے ہو کہ مجھے پتہ نہیں چلتا۔ تم جیسا منافق اور دوغلا شخص میں نے نہیں دیکھا۔ اگر میں تمہیں اتنی ہی ناپسند تھی تو مجھے چھوڑ کیوں نہ دیا۔ آج اولاد کو میرے خلاف بھڑکا رہے ہو۔ خود کی ٹانگیں تو قبر میں ہیں میری زندگی کو مزید اجیرن نہ کرو۔'' سعدیہ کے تیور وہی تھے ہمیشہ کی طرح سب کو ذلیل کرنے والے۔

مما آپ حد سے بڑھ رہی ہیں۔ آپ کو کیا میسر نہیں آیا؟ بتائیں، ایک سے بڑھ کر ایک اچھا اور مہنگا لباس اور زیور پہنتی رہی ہیں۔ فارن ٹرپس پہ جاتی رہی ہیں، آپ کو کبھی بھی روپے پیسے کی طرف سے تنگی کا سامنا نہیں

کرنا پڑا، اپنی مرضی کا وقت گزارتی رہی ہیں کبھی شاپنگ میں کبھی بہن بھائیوں میں، کبھی سہیلیوں میں...... کبھی گھر کو وقت نہیں دیا۔ کھانا تو ایک طرف آپ یہ بتائیں آپ نے آج تک محبت کے ساتھ ڈیڈی کو اپنے ہاتھ سے چائے بنا کر دی ہے۔ اگر ان کے دل میں کسی اور عورت کا خیال تھا تو اس کی بنیادی وجہ وہ خلا ہے جو آپ نے ڈالا ہے لیکن کبھی اس کو پُر کرنے کی کوشش نہیں کی۔ یہ ڈیڈی کی بزدلی یا شاید بڑا پن ہے کہ انہوں نے آپ سے جان نہیں چھڑوائی۔ میرے جیسا شوہر ہوتا تو کب کا چھوڑ چکا ہوتا۔'' میں کھانا کھا چکا تھا اور دونوں کی بات بہت تحمل سے سن رہا تھا۔

''ذیشان! آج جو ہمارے بیچ بات ہوئی اس کا مطلب یہ تو نہیں ہے کہ تم گھر آتے ہی ماں کے ساتھ الجھنا شروع کر دو۔ یار، وقت میں بڑی خوبی ہے کہ وہ بہر حال گزر ہی جاتا ہے۔ اب اچھا گزرا یا برا یہ ہماری سوچ پر منحصر ہے۔ مجھے وہ تمام شکایتیں یا expectations جو اپنی بیوی سے تھیں پوری تو نہیں ہو سکتی نا! اب میں ان سب چھوٹی چھوٹی خواہشوں کا کیا کروں جن کا وقت گزر چکا ہے۔ پچھلے کچھ سالوں میں لاحاصل خواہشوں کے لئے کڑھنا بھی چھوڑ دیا ہے۔ یاد رکھو جب وقت گزر جائے تو چاہے خواہش کتنی ہی شدید کیوں نہ ہو اس میں کشش باقی نہیں رہتی۔ اب میں کیا شکوے کروں کیا شکایتیں کروں؟ میں خود اپنی زندگی کے اختتام کی طرف جا رہا ہوں میں نے جو وقت گزارا اچھا گزار دیا۔ ہاں آخری عمر میں تشنگی ضرور رہی کہ تمام عمر گزر جانے کے باوجود میری بیوی میرے دل کی بات سننے کے لئے تیار نہیں ہے۔ وہ اپنی لذتوں میں پڑی ہوئی ہے، اس کے لئے میری کوئی اہمیت نہیں ہے۔ تو میں اس کو کیوں اس بات پر مجبور کروں کہ میری بات سنے۔ میری زندگی رہ ہی کتنی گئی ہے۔ شاید چند ہفتے یا چند مہینے، ہوسکتا ہے کہ سال کا اضافہ ہو۔ اسے یہ اعتراض ہے کہ میں کسی اور کی محبت میں مبتلا رہا تو اس کو یہ سوچنا چاہئے کہ اس کی وجہ کیا ہے؟ یہ سوچنے کی ضرورت کبھی بھی اس نے محسوس نہیں کی۔ ایک شخص کے دل و دماغ پر مہر لگ جائے تو ہم کچھ نہیں کر سکتے۔ مجھے مرنے سے پہلے اپنے دل کی بات کرنی تھی اور وہ بات میں اپنے جیون ساتھی سے کرنا چاہتا تھا لیکن اس کے پاس تو وقت نہیں ہے، تو میں نے اپنے دل کی بات بیٹے کے ساتھ کرلی ہے۔ میں جتنا بھرا ہوا تھا تم سے بات کر کے میں نے اپنا کتھارسس کر لیا ہے ذیشان۔ اور یاد رکھو کسی سے بات تب کی جائے جب اس شخص کی نظر میں ہماری بات کی کوئی اہمیت ہو۔ سعدیہ کے لئے یہی کافی ہے کہ شادی کے وقت بھی اس کی میری نظر میں کوئی اہمیت اور حیثیت نہیں تھی اور اب آخری عمر میں بھی اس کی میری نظر میں کوئی حیثیت نہیں ہے۔'' میں نے اپنی بات ختم کر کے گویا زندگی کے اس باب کو تقریباً ختم کر دیا تھا کیونکہ مجھے اب اس کے ساتھ کی بھی ضرورت نہیں رہی تھی۔

◄◄ ● ►►

● فرحین جمال

انجام

عبداللہ اور نازیہ سکول اور کالج میں ایک ساتھ پڑھتے رہے۔ دونوں کے گھروں کا فاصلہ بھی کچھ زیادہ نہیں تھا۔ بچپن سے ایک دوسرے کے ہاں آنا جانا تھا۔ جس طرز معاشرت میں جوان لڑکی لڑکا شادی کے بغیر بھی اکٹھے رہ سکتے ہیں وہاں ان کی دوستی پر کسے اعتراض ہوسکتا تھا۔ البتہ دونوں کے گھرانوں کا تعلق بھی یورپ میں آبسنے والے ان ہزاروں گھرانوں میں سے تھا جو معاش کی تلاش میں یہاں آئے اور پھر یہیں کے ہو رہے تھے مگر یہاں کی تہذیب میں رنگے جانے کے باوجود ان کے اندر مشرقی روایات کا رنگ باقی تھا۔ کیونکہ ان روایات پر کاربند رہنا ان کی انا کو مستحکم کرتا تھا۔ اسی لئے جب عبداللہ اور نازیہ کی دوستی محبت میں تبدیل ہونے لگی اور انہوں نے ایک دوسرے کو جیون ساتھی چن لیا تو دونوں گھرانوں میں اس کی شدید مخالفت ہوئی۔ کیونکہ نازیہ کا تعلق جاٹ گھرانے سے تھا اور عبداللہ کے والدین کشمیری تھے اور دونوں نے اپنی جگہ اپنی اولاد کو پاکستان میں اپنے رشتہ داروں میں بیاہنے کا سوچ رکھا تھا۔ پاکستان میں ان کی ذات برادری یہ کہے کہ ان کے بچوں نے اپنی مرضی سے زندگی کا ساتھی چن لیا ہے، ناقابل برداشت تھی۔ دونوں نے والدین کو قائل کرنے کی کوشش کی۔ مذہبی حوالے سے بھی اپنے اس حق کو استعمال کرنے کی بات کی مگر وہ اپنی ضد پر اڑے رہے۔ نازیہ کے بڑے بھائی آصف نے تو ابو اور امی سے دوٹوک الفاظ میں کہہ دیا تھا کہ میں اس رشتے کو کسی صورت قبول نہیں کرسکتا۔ آپ بھلے کرلیں۔ اور نازیہ کو بھی تنبیہ کی تھی کہ وہ یورپ کو پاکستان سمجھ کر فیصلہ کرے۔ مگر جب دونوں نے کورٹ میں جاکر نکاح کرلیا تو فریقین کے والدین کو احساس ہوا کہ جس ملک میں وہ رہتے ہیں وہاں والدین کی دھونس اور ان کے احترام کے روایتی تصور کی گنجائش نہیں۔ بلکہ یہ تو ان کی سعادتمندی تھی کہ انہوں نے شادی سے پہلے انہیں قائل کرنے کی کوشش کی ورنہ یہاں پر تو والدین کا نام دستاویزات میں خانہ پری سے زیادہ کوئی وقعت نہیں رکھتا۔ ناچار وہ لوگ کچھ نہ کرسکے۔ لیکن نازیہ کے بھائی آصف اور اس کے والد چودھری صغیر نے نازیہ کو اپنا موقف بتادیا تھا کہ ان کے لئے یہ رشتہ قابل قبول نہیں ہے۔ بلکہ شادی کے چند ماہ بعد آصف نے اس کے آفس میں جاکر اس کو یہ بھی پیشکش کی تھی کہ اس نے اپنی ضد پوری کرلی ہے، اب وہ عبداللہ سے طلاق لے لے تو وہ اسے معاف

کرنے کو تیار ہیں۔ نازیہ نے یہ کہہ کر اسے لوٹا دیا تھا کہ اس نے ضد نہیں پوری کی بلکہ شادی کی ہے۔ اور اس نے والدین سے بھی منت کی کہ وہ عبداللہ کو داماد سمجھ کر قبول کرلیں۔

جس وقت عبداللہ نے نازیہ کو پک کرنے کے لئے گاڑی پارک کی اس وقت آصف کی گاڑی پارکنگ سے نکل رہی تھی۔ دونوں کا آمنا سامنا بھی ہوا۔ عبداللہ نے مسکرا کر اسے سر کی جنبش سے سلام بھی کیا مگر آصف نے گاڑی کو تیزی سے نکالتے ہوئے اپنے غصے اور نفرت کا اظہار کیا۔ عبداللہ مسکرا دیا مگر پھر اچانک ہی اس کے چہرے پر فکرمندی کے آثار نمودار ہوئے۔ آصف یہاں کیوں آیا تھا؟ کیا نازیہ سے ملنے؟ یا اتفاقاً؟ اور کیا نازیہ نے اسے خود بلایا تھا؟ اسی سوچ میں ڈوبا ہوا تھا اسے پتہ ہی نہ چلا کہ نازیہ کار کا دروازہ کھول کر برابر آ بیٹھی ہے۔

''کن سوچوں میں ڈوبے ہو......'' عبداللہ ایک دم سے یوں چونکا جیسے نیند سے بیدار ہوا ہو۔

''ہائیں! تم، تم کب آئیں؟''

''ابھی دو منٹ پہلے۔'' نازیہ نے پیار سے اس کی طرف دیکھتے ہوئے کہا۔ عبداللہ نے لمبی سانس لی۔

''کیا بات ہے۔'' عبداللہ نے کہا ''کچھ نہیں۔'' اور گاڑی آگے بڑھا دی۔ آفس سے گھر آتے ہوئے نازیہ نے خود ہی آصف کے بارے میں سب کچھ بتا دیا۔ اس نے محسوس کیا کہ نازیہ کچھ سہمی سہمی سی تھی۔ آج انہیں میٹرنٹی ڈاکٹر کے پاس بھی جانا تھا مگر اس نے فون پر، معذوری ظاہر کر کے معائنے کے لئے کوئی اگلی تاریخ لے لی۔ عبداللہ اسے یہ کہہ کر تسلی دے رہا تھا کہ یہ پاکستان نہیں یورپ ہے یہاں کسی قسم کا خطرہ نہیں۔ مگر اپنے اندر وہ بھی اس صورت حال سے مطمئن نہیں تھا۔ اس لئے جب اسے ڈاکٹر نے بتایا کہ نازیہ ماں بننے والی ہے تو اس نے ایسی پوزیشن میں اسے کسی قسم کے ذہنی دباؤ سے محفوظ رکھنے کے لئے ملازمت چھوڑنے اور شہر کے مضافات میں رہائش اختیار کرنے کا مشورہ دیا۔ نازیہ ملازمت چھوڑنے پر آمادہ نہ تھی مگر انہی دنوں خوش قسمتی سے عبداللہ کو دوسرے شہر میں ملازمت مل گئی۔ تنخواہ بھی بہتر تھی اور رہائش بھی کمپنی کی طرف سے تھی۔ عام حالات میں ہوسکتا ہے کہ نازیہ عبداللہ کو بھی منع کر دیتی مگر ایسی صورت حال میں اس نے بھی ہامی بھر لی۔ نئے شہر میں نئی جاب پر نئے لوگوں میں وقت اچھا گزرنے لگا۔ عبداللہ کی محبت اور چاہ میں اسے کبھی محسوس نہ ہوا کہ اس نے اپنے لئے غلط فیصلہ کیا ہے۔

ایک دن اچانک صبح فون کی گھنٹی بجی۔

''ہیلو!'' دوسری طرف سے آصف کی آواز سن کر وہ سن ہوگئی۔

''ہیلو گڑیا! میں آصف بول رہا ہوں۔'' آصف اسے پیار سے گڑیا کہا کرتا تھا۔ نازیہ کو یہ سن کر کچھ ڈھارس ہوئی۔

''جج۔جی، آصف بھائی!'' آصف نے بڑے نرم لہجے میں کہا۔

''دیکھ لو تمہیں آخر کار ہم نے ڈھونڈ ہی لیا۔سناؤ عبداللہ کیسا ہے؟'' نازیہ نے اسی لہجے میں کہا۔

''جی وہ ٹھیک ہیں،سو رہے ہیں۔''

''کوئی بات نہیں،لو امی سے بات کرو۔'' نازیہ کیونکہ اب خود ماں بننے والی تھی اس لئے ماں کا ذکر سن کر اس کے دل میں ایک دم ماں کے لئے تڑپ پیدا ہوگئی۔

''جی امی،آپ کیسی ہیں ٹھیک ہیں نا؟'' دوسری طرف سے اس کی ماں کی شکستہ مگر پیار بھری آواز اس کے کانوں میں پڑی۔

''ہاں میری نازی کیسی ہو؟ بہت یاد آتی ہو۔''ان کی آواز بھرا گئی۔نازیہ بھی رو پڑی۔

''امی! آپ رو کیوں رہی ہیں۔''

''میں رو تو نہیں رہی بٹو میں...... میں بس،یونہی۔کل تمہاری سہیلی دانیہ ملی تھی سپر سٹور میں،اس نے بتایا۔تم،ماں بننے والی ہو۔بس رہا نہ گیا۔''

اس کی ماں کا لہجہ ابھی تک بھرایا ہوا تھا۔نازیہ کو یاد آیا کہ اس نے اپنی کولیگ دانیہ کو اپنا فون نمبر دیا تھا مگر اس نے دانیہ کو اپنی شادی کے تمام معاملات اور وہاں سے نقل مکانی کرنے کی وجہ بتا رکھی تھی۔اس کا نہیں خیال تھا کہ اس کے گھر والوں میں سے کسی کا دانیہ سے رابطہ ہوگا۔یا وہ اس کے بارے میں انہیں کچھ بتائے گی۔فون سننے کے بعد وہ دیر تک اپنی ماں اور بھائی کو یاد کرتی رہی جس طرح پیار سے آصف نے نازیہ کو گڑیا کہہ کر پکارا تھا اس نے گزرے وقت کے تمام واقعات کی تلخی کو ایک لمحے کے لئے بھلا دیا تھا۔اور جب اس کے بھائی نے فون بند کرنے سے پہلے اسے گھر آنے اور ملنے کا کہا اس سے بھی اسے لگ رہا تھا کہ برف پگھل رہی ہے۔جب عبداللہ سو کر اٹھا تو وہ فون کے پاس بیٹھی ہوئی تھی۔عبداللہ نے آنکھیں ملتے ہوئے اسے اور پھر فون کو دیکھا۔اس سے پہلے کہ عبداللہ کچھ کہتا یا پوچھتا۔اس نے خود تمام روداد کہہ سنائی۔عبداللہ ایک دم سے پریشان ہوگیا۔مگر یہ اس کا فوری ردعمل تھا۔جلد ہی اس نے خود پر قابو پا کر مسکراتے ہوئے کہا۔

''مبارک ہو۔برف پگھل ہی گئی۔''

نازیہ نے اس کی طرف دیکھا اور چہکتے ہوئے کہا۔

''بالکل یہی میں نے سوچا تھا۔تم نے ہو بہو میرا خیال چرا لیا۔'' عبداللہ نے کہا۔

''جب ہماری ہر چیز سانجھی ہے تو پھر تمہارا خیال بھی تو میرا خیال ہی ہوا۔بہر حال اس سے ایک بات تو ثابت ہوگئی نا کہ میں تمہارے خیالوں میں بھی شامل ہوں۔'' نازیہ اٹھی اور اس کے پاس آ کر بیٹھ کر پیار سے اسے دیکھنے لگی۔وہ صرف اتنا ہی کہہ پائی۔

''عبداللہ! تم......''اس کی آنکھوں میں آنسو آ گئے۔آواز بھرا گئی۔

''تم مجھ سے کتنا پیار کرتے ہو۔میں نے تو شاید تصور بھی نہیں کیا تھا''عبداللہ نے اس کے کندھے پر ہاتھ رکھ کر شوخ لہجے میں کہا۔

''ارے بہت مشکل سے تمہیں پایا ہے۔''نازیہ نے جھٹ سے بناوٹی ناراضی سے کہا۔

''ہونہہ،مشکل سے پایا ہے اور میں نے؟''عبداللہ نے سنجیدہ لہجے میں کہا۔

''مذاق کر رہا تھا۔ہم دونوں نے ایک دوسرے کو بڑی مشکل سے پایا ہے۔''

ایک دو دن اسی طرح گزر گئے۔پھر تیسرے دن جب عبداللہ آفس گیا ہوا تھا کوئی دوپہر کا وقت تھا۔آصف کا فون آیا۔اس نے بتایا کہ جس دن سے تم سے بات ہوئی ہے امی مسلسل رو رہی ہیں اور تم سے ملنے کی ضد کر رہی ہیں۔اگر تم اور عبداللہ اجازت دو تو میں امی کو لے کر آ جاؤں۔نازیہ کو کچھ سمجھ میں نا آیا کہ کیا جواب دے۔وہ اتنا ہی کہہ پائی۔امی سے بات کروائیں۔آصف نے جواب میں بتایا کہ امی کو ٹرینکولائزر دے کر سلایا ہے۔نازیہ تڑپ اٹھی۔

''کیا ہوا امی کو؟''آصف نے کہا۔

''کچھ نہیں،بس بے آرامی اور ڈیپریشن کی وجہ سے ڈاکٹر نے ہدایت دی تھی۔''پھر اس نے پوچھا۔

عبداللہ کب دفتر سے آتا ہے۔نازیہ نے بتایا کہ شام چار بجے تک۔آصف نے کہا۔

''اچھا تم بات کر لینا میں رات کو یا کل فون کروں گا۔عبداللہ سے کہنا کہ بھول جائے جو کچھ ہوا۔ہم بھی بھول چکے ہیں اسی لئے تمہیں فون کیا ہے۔آخر کو تم میری گڑیا ہو۔میرے ہاتھوں میں پلی ہو۔'' آصف بول رہا تھا اور نازیہ کو کچھ سمجھ میں نہ آ رہا تھا کہ وہ خواب کے عالم میں ہے یا حقیقت؟ یہ وہی آصف ہے جس نے اسے اس شادی سے باز رکھنے کے لئے سنگین دھمکی دی تھی اور شادی کے بعد بھی اسے طلاق لینے پر مجبور کیا تھا۔وہ فیصلہ نہ کر سکی کہ کیسے آصف کی بات کو سچ سمجھے۔

ادھر ماں کی طبیعت کا سن کر بھی اس کا دل بے چین ہو گیا تھا۔اس نے بادل نخواستہ بجھے بجھے لہجے میں کہا۔آصف بھائی عبداللہ کو تو میرے آپ لوگوں سے ملنے پر کبھی اعتراض نہیں تھا۔وہ آتے ہیں تو میں ان سے طے کر کے اپنے آنے کا پروگرام بتا دوں گی۔آصف یہ سن کر بہت خوش ہوا۔

''جیتی رہو میری گڑیا۔مگر ابا ابھی بہت غصے میں ہیں۔اگر تم اکیلی آؤ یا ہم تم سے ملنے آ جائیں تو آہستہ آہستہ حالات ٹھیک ہو ہی جائیں گے۔''نازیہ نے کہا۔

''میں آپ کا اشارہ سمجھ رہی ہوں۔''یہ کہہ کر اس نے فون بند کر دیا۔

عبداللہ کو ہر طرح سے نازیہ کی خوشی اور خواہش عزیز تھی اس لئے جب اس نے نازیہ کو بے قرار

دیکھا تو نہ چاہتے ہوئے بھی اس نے نازیہ کو اپنے والدین سے ملانے کی ہامی بھرنا پڑی۔ اگلے ہی روز ویک اینڈ تھا۔ چنانچہ عبداللہ اسے لے کر اس کے والدین سے ملانے کے لئے روانہ ہوا۔ نازیہ کو گھر کے باہر چھوڑ کر خود چلا گیا اور نازیہ پہلی بار اپنے ہی گھر میں اجنبی بن کر داخل ہو رہی تھی۔ اس کا خیال تھا کہ سب گھر والے اس کا خوشی سے استقبال کریں گے مگر جب وہ گھر میں داخل ہوئی تو ایک ویرانی کا سا سماں تھا۔ بستر پر امی کو لیٹے دیکھ کر وہ امی کہہ کر دوڑی مگران کے درمیان آصف آ کھڑا ہوا۔ اس نے آصف کو دیکھ کر آصف بھائی کہہ کر اس سے لپٹنا چاہا۔ مگر آصف نے ہاتھ سے پیچھے دھکیل کر کہا۔

''نازیہ یاد کرو میں نے تمہیں کہا تھا کہ یورپ کو پاکستان ہی سمجھنا۔ ہم لوگ اپنی روایات پر رشتوں کی قربانی دیتے چلے آئے ہیں۔'' نازیہ یہ سن کر چکرا گئی۔ اس نے ادھر ادھر دیکھا اس کی ماں نے بستر سے اٹھ کر اسے گلے لگا لیا۔

''نازیہ میری بیٹی مان لے، مان لے اپنے بھائی کا کہنا۔ اس کے سر پر خون سوار ہے۔ اس نے بہانے سے تمہیں یہاں بلایا ہے۔'' نازیہ نے آصف کی طرف دیکھا۔ اس نے کوٹ کے اندر کی جیب سے ایک تہہ کیا ہوا کاغذ اس کی طرف بڑھاتے ہوئے کہا۔

''جو بیٹی ماں باپ کے گھر سے رخصت ہو سسرال جاتی ہے اسے دعا دی جاتی ہے کہ اس کا جنازہ سسرال ہی سے نکلے۔ مگر جو بیٹی گھر سے بھاگی ہوئی واپس آئے اس کا جنازہ ماں باپ کے گھر سے ہی نکلنے کی روایت ہے۔ مگر کیونکہ تم اس ماحول میں پلی بڑھی ہو تمہارے ساتھ ابو جی نے یہ رعایت کی ہے۔ تمہاری واپسی کی شرط۔ عبداللہ کو ڈائیورس کر دو۔'' نازیہ اب ساری صورت حال کو سمجھ چکی تھی۔ اس نے اپنے ڈوبتے دل کو سنبھالا۔ آصف نے کاغذ اس کی طرف بڑھایا۔ تو اس نے کاغذ کھینچ کر اس کے پرزے پرزے کرتے ہوئے کہا۔

''شرم کریں۔ میں عبداللہ کی بیوی ہوں۔ اس کے بچے کی ماں بننے والی ہوں۔ تم سمجھو کہ تمہاری بہن اور امی آپ کی بیٹی مر چکی ہے۔'' یہ کہہ کر وہ تیزی سے دروازے کی طرف لپکی۔ آصف نے اس کو دھکیل کر پیچھے کیا۔

''تم نے ٹھیک کہا۔'' آصف کی درشت آواز کمرے میں گونجی۔

''تم ہمارے لیے مر چکی ہو؛ مگر مرے ہوئے اپنے قدموں پر چل کر نہیں جاتے بلکہ کندھوں پر سوار ہو کر گھر سے نکالا کرتے ہیں۔'' یہ کہتے ہوئے اس نے اپنی جیب سے پستول نکالا اور نازیہ پر فائر داغ دیا۔ گولی نازیہ کے کندھے کو چیرتی ہوئی نکل گئی۔ ایک لمحے کے لیے تو اسے کچھ محسوس نہیں ہوا پھر وہ درد سے کراہ اٹھی اور گرتے گرتے اس نے اپنی ماں کا سہارا لیا جو پتھر کا بت بنی اپنی جگہ پر کھڑی تھی۔ اس پر غنودگی چھانے لگی۔ آصف چیخا۔

''ماں! ہٹ جاؤ۔ میرے غصے کی آگ اس کے خون سے بجھے گی۔'' نازیہ نے خوف سے آنکھیں بند کرلیں۔اس کے درد میں اضافہ ہوتا جا رہا تھا۔اسی دوران دوسرے فائر کی آواز آئی اوراس کے ساتھ ہی آصف کی چیخ سنائی دی۔ نازیہ نے آنکھیں کھولیں تو آصف فرش پر پڑا تھااوراس کی قمیض خون سے بھیگ رہی تھی۔سامنے عبداللہ کھڑا تھا جس کے ہاتھ میں پستول تھی۔اسے صورت حال سمجھنے میں دیر نہ لگی۔عبداللہ نازیہ کی طرف بڑھا، بازی پلٹ چکی تھی۔اس نے سوالیہ نظروں سے عبداللہ کی طرف دیکھا۔عبداللہ نے کہنا شروع کیا۔

''میں تمھیں چھوڑ کر جا رہا تھالیکن میری چھٹی حس کہہ رہی تھی کہ کچھ ہونے والا ہے. ویسے بھی محبت کرنے والے ہمیشہ عدم تحفظ کا شکار رہتے ہیں. چنانچہ میں یہیں دور گاڑی میں بیٹھ کر سوچ ہی رہا تھا کہ کیا کروں کہ میں نے غصے کے عالم میں تمہارے والد کو گھر سے نکل کر جاتے دیکھا اور میں دروازہ کھلا پا کر اندر داخل ہوا۔عام طور پر ہماری شادی سے جس کہانی کی ابتدا ہوئی تھی اس کا انجام روایتی طور پر ایسا ہی ہوتا ہے،مگر کیا ضروری ہے کہ ایسی کہانی کا انجام بھی ایک ہی طرح کا ہو۔''

اس نے پستول سے آصف کی طرف اشارہ کیا جو ٹھنڈا ہو چکا تھا-اور پھر پولیس کو فون کرنے کے لیے اپنا موبائل نکالا اوراس کی انگلیاں پولیس کا نمبر ڈائل کرنے لگیں۔

◄◄ ● ►►

● صائمہ نفیس

پانچویں بوتل
(نذرِ احمد ندیم قاسمی)

سردیوں کی آمد آمد تھی۔ زرینہ نے پرانے لحاف اور گرم کپڑے نکالنا شروع کر دیے تھے۔ گرم کپڑوں کو دھوپ لگا کر وہ آنے والے سرد موسم میں استعمال کے لیے تیار کر رہی تھی مگر لحاف کو دیکھ کر وہ اپنے شوہر بشیر سے کہنے لگی۔

"اس سردی میں تو یہ لحاف ساتھ نہ دیں سکیں گے نئے سرے سے ان کی بھرائی کرانی ہوگی اور نئے کپڑے کا غلاف بھی بنانا ہوگا، پرانی روئی کی صفائی بھی کروانی پڑے گی اور کچھ نئی خرید کر کمی کو پورا کرنا پڑے گا۔" بشیر اُس کی بات سن بھی رہا تھا اور سمجھ بھی رہا تھا مگر اپنی مالی خستگی سے باخبر تھا اسی لئے صرف ایک ہوں کر کے رہ گیا۔

زرینہ بھی بشیر کی اس ہوں کا مطلب اچھی طرح جانتی تھی مگر سردیوں کے موسم کا سر پر آجانے کا سوچ کر خاموش نہ رہ سکی اور پھر بولی۔

"دیکھ بشیر سردیاں لحاف کے بنا نہیں گزریں سکیں گی۔ کچھ نہ کچھ تو کرنا ہی پڑے گا۔"

بشیر سوچ رہا تھا کہ ہم غریبوں کے لیے موسم کا بدلاؤ بھی ایک عذاب ہی ہے۔ ابھی پنڈا ایک موسم کا عادی ہوا نہیں کہ وہ بے وفا محبوب کی طرح بدل گیا اور دوسرا سفاک بن کر در آیا۔ سردیوں میں تو خرچہ اور بھی بڑھ جاتا ہے۔ گرم کپڑوں کے ساتھ ساتھ گرم بستر اور جلانے کے لئے لکڑیاں اور کوئلے کا خرچہ الگ اور اتنے دنوں سے فارم ہاؤس میں کوئی مہمان بھی نہیں آیا ورنہ تنخواہ کے ساتھ ساتھ بخشش بھی مل جاتی جو اس طرح کے کاموں کی تکمیل کا مداوا بنتی۔

"اللہ سائیں سے دعا کر کہ کوئی مہمان ہی آجائے۔" بشیر نے بیوی سے کہا۔ اور زرینہ جھولی اُٹھا کر فارم ہاؤس میں مہمان آنے کی دعا کرنے لگی۔

بشیر اور زرینہ کی گذر بسر کا انحصار شہر سے دور بنے اس فارم ہوس کی ملازمت پر تھا۔ جہاں بشیر کے ذمہ فارم ہاؤس کی چوکیداری، دیکھ بھال اور مہمانوں کی آمد پر ان کی ضروریات کا خیال رکھنا تھا۔ جس کے عوض اُسے ماہانہ تنخواہ مل جاتی مگر اس تنخواہ سے خریدے جانے والی چادر اس کے قد کے برابر نہ ہو پاتی، کبھی سر تو کبھی پاؤں برہنہ ہو جاتے۔ وہ تو اگر

زرینہ صابر اور سگھڑ نہ ہوتی شاہد زندگی بہت پہلے اُسے تھکا دیتی۔ اسی لیے زرینہ نے ایک گائے بھی پال رکھی تھی۔ جس کا دودھ آس پاس کی کچی بستی میں بیچ کر وہ کچھ آسانیاں خرید لیتے مگر پچھلی عید قرباں پر جب مالک کے بچے فارم ہاؤس آئے تو ان کی نظر اس گائے پر ٹک گئی۔ غریب کی جیب جتنی تنگ ہوتی ہے دل اتنا ہی کشادہ ہوتا ہے چنانچہ بشیر نے اسے بھی اعجاز جانا کہ اس سے وابستہ کوئی چیز اس کے مالک کو بھا گئی ہے۔ بشیر نے خوشی خوشی گائے ان کے حوالے کر دی۔

زرینہ کئی دن تک اپنی گائے کو یاد کر کے آنسو بہاتی رہی مگر جب اُن لمحوں کا سوچتی جب بشیر نے بڑے فخر سے اپنی گائے کی رسی مالک کے حوالے کی اور تفخر کا جو رنگ اس کی ذات میں دیکھا تو اپنی قربانی بہت ادنیٰ لگتی۔ مالک نے گو کہ ایک رقم زبردستی بشیر کے ہاتھ پہ رکھی مگر وہ دوسری گائے کی خریداری کے لیے ناکافی تھی اور غریب کے گھر میں رکھی رقم میں نا جانے برکت کیوں اُٹھ جاتی ہے کہ آتی ہوئی تو نظر آتی ہے مگر جاتی کہاں ہے یہ نہیں پتہ چلتا۔ اب بشیر کا ہاتھ پھر سے تنگ ہو گیا تھا البتہ یہ ضرور تھا کہ جب بھی فارم ہاؤس میں مہمان آ کر ٹھہرتے تو جاتے وقت وہ بخشش کی اضافی رقم بشیر کو ضرور دیتے اب یہ کبھی کم یا کبھی زیادہ ہوتی مگر بشیر کے سکھ کا سانس بنتی۔

زرینہ کی دعا قبول ہوئی اور فارم ہاؤس میں ایک مہمان آیا۔ بشیر کو مالک نے فون کر کے اطلاع دی کہ فارم ہاؤس تیار کر دو۔ آج میرا ایک دوست آ رہا ہے اور دیکھو ان کا اچھے سے خیال رکھنا یہ کچھ دن ٹھہریں گے۔

''جی مالک!'' بشیر نے سعادت مندی سے کہا اور یہ خوش خبری زرینہ کو سنانے چل دیا۔

شام تک وہ مہمان فارم ہاؤس پہنچ گیا۔ اکیلے مہمان کو دیکھ کر بشیر کو بہت حیرت ہوئی اور تو اور جب اُس کا ڈرائیور بھی واپس جانے لگا تو اُسے رہا نہ گیا اور پوچھ ہی بیٹھا کہ صاحب اکیلے ہی رہیں گے کیا، تو ڈرائیور نے اسے بتایا کہ صاحب کو اکیلے ہی رہنے کی عادت ہے۔

جب وہ مہمان کے کمرے میں رات کے کھانے کا پوچھنے گیا تو دیکھا صاحب جی بیٹھے شراب نوشی کر رہے تھے پھر باتوں باتوں نے انھوں نے اپنی اُس خواہش کا ذکر بھی کر دیا جس کے لئے شراب نوشی کا اہتمام ہو رہا تھا۔ بشیر جانتا تھا کہ سب بڑے لوگوں کے شوق ایک جیسے ہی ہوتے ہیں۔ شراب اور شراب کے ساتھ ایک ایسی جوان خوبصورت عورت کا ساتھ کہ اطاعت وفرمابرداری جس کے پیشے کا پہلا اُصول ہوتا ہے۔ اسی لیے اُس نے نیلو کا نمبر سنبھال کر رکھا ہوا تھا۔ جو ایسے وقت میں آ کر بشیر کی مہمان نوازی پر دھبہ لگنے سے بچا لیتی۔ چنانچہ اس روز بھی اُس نے نیلو کو بلا لیا۔ گو کہ ایسا کرتے اُسے بہت عجیب لگتا تو وہ توبہ کرنے لگتا اور اُس رات اس کی واحد پناہ گاہ زرینہ ہوتی۔

دوسرے دن وہ فارم ہاؤس کا گارڈن عبور کر کے برآمدے ہی میں بیٹھ گیا کہ نیلو جب باہر آئے تو وہ پھر اندر جائے۔ کچھ دیر بعد نیلو اپنے پراندے سے کھلتی باہر نکلی اور ہاتھ میں پکڑے پیسے اپنے گریبان میں رکھتے ہوئے اک ادا سے بولی۔

''تیرا یہ صاحب بہت عجیب ہے۔''

''کیوں کیا ہوا؟''بشیر نے سوال کیا۔!

''بشیرے میں جسم فروش ہوں ......اپنے کام کی پکی......دیانتدار مگر تیرے صاحب نے بغیر محنت کے ہی مزدوری دے دی۔ اپنی پوری زندگی میں، میں نے ایسا مرد نہیں دیکھا۔''اب حیرت کے سمندر میں ڈوبنے کی باری بشیر کی تھی۔

'' اچھا! مگر ایسا کیوں؟''

''میں کیا جانوں؟''نیلو اٹھلا کے بولی اور کندھے اُچکائے پھر ایک بھر پور انگڑائی لی اور مسکراتے ہوئے چلی گئی۔ بشیر کو پورے دن کئی بار یہ خیال آیا مگر وہ جھٹک دیتا کہ ہو گی کوئی 'مجبوری'۔

پھر دوسری رات آئی۔ مہمان نے پھر تقاضہ کیا اور بشیر نے پھر نیلو کو بلا بھیجا اور خود صبح کا انتظار کرنے لگا۔ دوسرے دن نیلو نے پھر یہ ہی بتایا کہ آج بھی کچھ نہیں کیا مگر ہاں پیسے پورے دیئے جو طے ہوئے تھے بلکہ آج تو ٹپ بھی دی اور بشیر کو حیران چھوڑ کر اتراتی ہوئی چل دی۔

بشیر اپنے آپ سے ہی اُلجھنے لگا کہ ایسا کیوں ہے؟ دل ایک تاویل دیتا اور دماغ اس کو رد کر دیتا گو کہ یہ اس کا مسئلہ نہ تھا اور نہ ہی اُس پر اثر انداز ہو رہا تھا مگر ایک عام بشر کی طرح بے وجہ ہی اس کی وجہ ڈھونڈنے میں لگ گیا۔دن بیتا اور تیسری رات آ گئی۔ مہمان نے پھر خواہش ظاہر کی اور بشیر نے اس کی تعمیل کے لئے نیلو کو طلب کر لیا۔آج اُس نے نیلو کو ایک پارکھی نظر سے جانچا۔نیلو ایک حسین اور مکمل عورت نظر آئی، جواں بدن کے ساتھ خود سپردگی کا تڑکا بھی......پھر ایسا کیوں؟ اور سب سے بڑھ کر کہ اگر صاحب.جی ایسے ویسے نہیں تو پھر کیوں وہ ایسی خواہش کا اظہار کرتے ہیں جس کا آخری سرا ایک ہی نتیجہ پر آ کر سوچ کے سارے در بند کر دیتا ہے۔اُس رات اُسے نیند نہ آئی۔ بشیر کو جاگتا دیکھ کر زرینہ نے پھر سے اپنی ضروریات کا لمبا چوڑا حساب اُسے بتانا شروع کر دیا۔مگر وہ ذہنی طور پر کہیں اور تھا زرینہ کی کوئی بھی بات وہ سن ہی نہیں رہا تھا۔ زرینہ کبھی نیلو اور نیلو کبھی زرینہ نظر آتی۔اچانک اُسے ایک خیال آیا۔

صبح پھر نیلو سے سامنا ہوا تو نیلو نے ہنستے ہوئے اُسے انگوٹھا دیکھا کر نفی میں سر ہلا دیا اور اپنی ہنسی دبا کر جانے لگی مگر بشیر نے اُس کا ہاتھ پکڑ کر روک لیا اور چپ چاپ دیکھنے لگا۔

''گوری چٹی، بھرے بھرے بدن اور بڑی بڑی بے باک آنکھوں پر گھنی پلکوں کی جھالر تو کیا صاحب.جی تجھے دیکھتے بھی نہیں۔''بشیر کو جب کچھ بھی سمجھ نہ آیا تو پوچھ بیٹھا۔

''نہیں......''نیلو نے کہا۔

''اچھا! پھر کیا کرتے رہتے ہیں صاحب.جی اور تو کیا کرتی ہے ان کے کمرے میں؟''بشیر کے لہجے میں تجسس تھا۔

''کچھ نہیں۔''نیلو نے بیزاری سے کہا۔

''پھر بھی۔''، بشیر نے کریدا۔

''کچھ نہیں بس صاحب جی روشنی کم کر کے غزلیں سنتے رہتے ہیں ہلکی آواز میں اور شراب پیتے رہتے ہیں کم کم پھر جب ان کی پوری بوتل ختم ہو جاتی ہے تو وہ میری جانب لڑکھڑاتے ہو بڑھتے ہیں اور بمشکل میرے قریب پہنچ کو وہیں ڈھیر ہو جاتے ہیں۔ پھر میں بھی سو جاتی ہوں صبح ان کے اُٹھنے سے پہلے میں جاگ کر باہر آ جاتی ہوں۔' نیلو نے تفصیل بتائی۔

''تو تیری مزدوری۔' بشیر نے حیران ہو کر پوچھا۔

''وہ تو میں جیسے ہی کمرے میں جاتی ہوں وہ اشارے سے بتا دیتے ہیں کہ میز پر رکھی ہے مگر میں بھی وہ پیسے صبح ہی اُٹھاتی ہوں جاتے ہوئے۔'' نیلو کے انداز میں ایک شان بے نیازی جھلک رہی تھی۔

''اُو اچھا!'' بشیر کے منہ سے نکلا۔

اُس دن دوپہر کے قریب صاحب جی نے بشیر سے کہا وہ باہر جا رہے ہیں شام تک لوٹ آئیں گے۔ اُن کے جانے کے بعد بشیر اُن کے کمرے میں گیا۔ پہلے تو کمرے کی صفائی کی اس دوران اُس کی نظر شراب کی خالی بوتلوں پر پڑی۔ بڑے سائز کی تین خالی بوتلیں وہاں ہی پڑی تھیں۔ بشیر بلا ارادہ ان بوتلوں کو اُٹھا کر پہلے دیکھنے اور پھر سونگھنے لگا۔ ولایتی دارو کی خوشبو اُسے اچھی لگنے لگی وہ ایک بوتل کو منہ لگا کر چاٹنے لگا پھر دوسری اور پھر تیسری...... کمزور پُشتے پر تیز بہاؤ کا پہلا وار ہی کافی ہوتا ہے اچانک بشیر کے ذہن میں ایک خیال آیا۔

جب وہ گھر پہنچا تو زرینہ اپنے کاموں میں مشغول تھی۔ وہ خاموشی سے زرینہ کو دیکھنے لگا۔ زرینہ کو بہت جلد احساس ہو گیا کہ بشیر اُسے غور سے دیکھ رہا ہے تو اس نے اچانک پیٹھ موڑی اور بشیر کے سامنے ہو کر بولی، 'ایسے کیا دیکھ رہے ہو؟'

پھر نا جانے بشیر کو کیا سوجھی کہ اس نے زرینہ کو سب بتا دیا۔ نیلو کا روز روز صاحب جی کے بلانے پر آنا اور صاحب جی کا بغیر کچھ کیے نیلو کو پیسے دے دینا۔ زرینہ کی آنکھیں یہ سب سن کر پھیلتی چلی گئیں۔ وہ خاموشی سے سب سن رہی تھی اور حیرت کے سمندر میں غوطہ زن ہی تھی کہ بشیر نے ٹھہرے پانی میں پتھر پھینکتے ہوئے یک دم کہا۔!

''کیا تو نیلو کی جگہ لے سکتی ہے؟'' زرینہ نے زور سے جھرجھری لی اور بے اختیار بولی۔

''نہیں......!'' خفگی اس کے چہرے سے عیاں تھی۔ مگر بشیر کے ذہن میں ولایتی دارو کی خوشبو ابھی تک رچی بسی تھی جبھی سمجھانے والے انداز میں بولا۔

''دیکھ صاحب جی کچھ کرتے تھوڑی ہیں اور مفت میں پیسے دے دیتے ہیں۔ ذرا دیکھ ہمارے کئی کام بن جائیں گے۔'' زرینہ خاموشی سے اِدھر سے اُٹھ گئی۔ مگر بشیر کو اس کی خاموشی میں رضامندی نظر آنے لگی۔

شام میں صاحب جی واپس لوٹ آئے تھے اوران کا ڈرائیور پھر واپس چلا گیا باتوں باتوں میں اُنھوں نے بتایا کہ وہ بس دو دن اور رکیں گے پھر چلے جائیں گے اور یہ بھی کہ وہ بشیر کی خدمت سے بہت خوش بھی ہیں اس خوشی پر بشیر کو انعام بھی دیں گے مگر بشیر تو کوئی اور ہی خواب دیکھ رہا تھا۔ جب وہ واپس آنے لگا تو صاحب جی نے پھر اپنی خواہش کا اظہار کرتے ہوئے متانت سے کہا بس دو دن اور تم میری خدمت کر دو۔ بشیر نے حیرانگی سے صاحب جی کو دیکھا مگر کچھ پوچھ نہ سکا۔ گھر واپس آکر اُس نے رزینہ کو سمجھانے کا ارادہ کیا ہی تھا کہ اُس نے دیکھا زرینہ سر پر دوپٹہ باندھے بازو ماتھے پر رکھے سو رہی تھی یہ زرینہ کی طرف سے احتجاج کا وہ انداز تھا جس سے بشیر بخوبی واقف تھا۔ سو اس نے پھر رات نیلو کو بلا بھیجا۔

آج نیلو بہت خوبصورت نظر آرہی تھی وہ شاید شام میں ہی نہائی تھی جبھی اس کے کھلے کھلے ہوا میں اُڑتے بال، نکھرا نکھرا سجا سنورا چہرہ، خود سپردگی کی دعوت دیتا وجود ذہن اور دل میں ہیجان برپا کر رہا تھا۔ بشیر نے جونہی نیلو کو دیکھا اس کے اپنے دل کی دھڑکن بڑھنے لگی۔ اس بڑھتی دھڑکن کی تھاپ میں ایک خواہش جنم لی رہی تھی۔ اچانک اس نے نیلو کا ہاتھ پکڑ لیا۔ نیلو نے کوئی مزاحمت نہیں کی مگر چونک کر اسے دیکھنے لگی۔ بشیر کا پورا وجود سراپا خواہش بنا ہوا تھا اور نیلو جو ایک طوائف ہونے کے ناطے احساسات، جذبات اور جسم کی زبان بہت اچھے سے سمجھتی تھی بولی۔

"دیکھ بشیرے! میں تو طوائف ہوں اپنے جسم کی بیوپاری...... پھر جو بھی چاہے خرید لے۔ ہمارے پیشے میں گاہک کا کوئی معیار نہیں ہوتا بس وہ اس کی قمت دینے کا اہل ہونا چاہیے۔ تجھے تو اچھی طرح معلوم ہے۔" یہ کہتے ہوئے اس نے اپنا ہاتھ بشیر کے ہاتھ سے چھڑا لیا۔ وہ جانتی تھی کہ غریب ضروریات کی قید سے ہی آزاد نہیں ہو پاتا عیاشی کے خواب کا تصور تو کر سکتا ہے مگر دیکھ کر تعبیر نہیں کر سکتا۔ بشیر کو نیلو کا اس طرح ہاتھ چھڑانا اچھا نہ لگا۔ نیلو کے الفاظ نے اس کے اندر کے مرد کو جھنجوڑ دیا۔

"ہاں ہاں جانتا ہوں سب جانتا ہوں۔ مگر تو یہ بھی تو دیکھ کہ میں تجھے ہی پیش کرتا ہوں حالانکہ میرے پاس اور بھی ہیں۔ تجھے تو اپنے دھندے کے سارے اُصول بھی معلوم ہونگے، کہ بیچ کے بندے کا کمیشن بھی ہوتا ہے۔" بشیر نے اندھیرے میں تیر چلایا جو صحیح نشانے پر لگا۔ نیلو نے اپنا لہجہ فوراً چاشنی میں ڈوبو لیا اور بولی۔

"تو اب تو بھی کمیشن لے گا۔ جیسے دوسرے دلال لیتے ہیں۔ تو نے یہ کام بھی شروع کر دیا کیا۔"

"نہیں میں کمیشن نہیں مانگ رہا مگر احسان کا بدلہ ضرور لوں گا"۔ بشیر نے حتمی انداز میں کہا۔ گو کہ اسے نیلو کا یوں دلال کہنا بُرا تو بہت لگا مگر دل کی مچلتی خواہش نے مصلحت کی چادر کی بکل مار لی۔ نیلو سب سمجھ کر بھی نا سمجھنے کا تاثر دیتے ہوئے بولی۔!

"اب صاف صاف بول۔"

"تو صاف صاف بات یہ ہے کہ اپنے احسان کے بدلے میں، تو اپنی ایک رات دے دے اور

کوئی کمیشن نہیں۔نہ ابھی نہ آئندہ۔'' بشیر نے کہا۔

''منظور ہے۔'' یہ کہتے ہوئے نیلو نے لمبا سکون کا سانس لیا ورنہ اُسے اپنی کمائی میں کمیشن دینے کا سوچ کر ہی ہول اُٹھنے لگا تھا۔

''ابھی تو جا، پھر جب میں کہوں تو آ جانا۔'' بشیر نے بشاشت بھرے لہجے میں کہا۔ نیلو صاحب جی کے کمرے کی طرف بڑھ گئی اور بشیرا اپنے گھر۔ زرینہ اُٹھ چکی تھی بشیر نے اُس کے ساتھ کھانا کھایا اور اُسے بتا دیا کہ نیلو صاحب جی کے پاس چلی گئی ہے زرینہ مطمئن ہوگئی۔

لیکن اب بشیر نے زرینہ کو پھر سے تیار کرنا شروع کر دیا۔ کیونکہ اب وہ نیلو کے ساتھ گزارنے والی رات کے حسین خواب بھی دیکھ رہا تھا۔ اب اُسے زرینہ کی ناراضی کی کوئی پروانہیں تھی کیونکہ اُس کا دل نیلو کے وصال کے خواب کی زد میں تھا اور خواہش بھرے خواب تو ویسے بھی ایسے ان دیکھے پنکھ سے جوڑے ہوتے ہیں جن کی پرواز کی رسائی چاند ستاروں سے بھی آگے کسی ماورائی دنیا تک ہوتی ہے۔ زرینہ کے لئے وہ یوں بھی مطمئن تھا کہ صاحب جی تو بے ضرر ہیں۔ ان سے نقصان کا کوئی اندیشہ ہی نہیں بلکہ فائدہ ہی فائدہ ہے۔ زرینہ نے جب خدا کا خوف یاد دلایا تو بشیر نے کہا۔

''ارے جب صاحب جی کچھ کرتے ہی نہیں تو گناہ کیسا؟'' پھر زرینہ نے زمانے کی اونچ نیچ بتانا چاہی تو اُس نے یہ کہہ کر اُسے سمجھا دیا کہ'یہ بات بس ہم دونوں میں رہی رہے گی۔ رہے صاحب جی تو وہ کون سا جانتے ہیں کہ تو کون ہے؟' زرینہ بولی۔

''دیکھ بشیرے یہ اپنی آنکھ کی شرم ہوتی ہے۔ اس کا پردہ اگر ایک بار اُتر جائے تو بڑی بربادی ہوتی ہے۔ شریف آدمی جب برائی کا رستہ اپناتا ہے تو اس کا نقصان بہت زیادہ ہوتا ہے۔ پھر حرام کی کمائی کسی نشہ کی طرح ہوتی ہے جو عادت بنتی جاتی ہے۔'' مگر بشیر نے اپنی ہوس وخواہش کی تکمیل کے سنہرے خواب میں زرینہ کے خوف کے ہر رنگ کو پھیکا کر دیا۔

اُس رات ایک رشتے میں بندھے ایک ہی چھت کے نیچے ایک ہی بستر پر سونے والے دو لوگوں کے خوابوں کے رنگ مختلف تھے۔ ایک کے خوابوں میں اندیشے، وسوسے، فکرات کے ناگ اور دوسرے کے خواب میں پریاں جن کے ہاتھ میں جادو کی چھڑی اور ہونٹوں پر ملن کے گیت تھے۔ اگلی صبح بشیر نے نیلو سے پھر پوچھا۔

''کیا ہوا؟''

''کچھ نہیں!' نیلو نے انگڑائی لیتے ہوئے کہا' پتہ نہیں صاحب جی کیسے ہیں؟''

''مگر میں ایسا نہیں۔'' بشیر نے اُسے یاد دلانے کے لئے کہا اور نیلو ہنستی ہوئی وہاں سے چلی گئی۔

کمرے کی صفائی کے دوران پھر ایک خالی بوتل بشیر نے اُٹھائی سونگھی اور لبوں سے چاٹنے لگا۔ صاحب

جی اُٹھے اور غسل خانے چلے گئے۔ بشیر اِدھر اُدھر صفائی کرنے لگا اچانک اس کی نظر شراب کی ایک بھری بوتل پر پڑی۔ پھر ایک خیال اُس کے ذہن میں آیا کہ آج رات نیلو میرے ساتھ ہوگی اگر میں تھوڑی سی شراب بھی چرالوں تو میرا مزا دوبالا ہو جائے گا۔ اس خیال نے اُسے زیادہ نہ سوچنے دیا چنانچہ اسنے نئی بوتل سے کچھ شراب خالی بوتل میں اُنڈیلی اور اس کمی کو پورا کرنے کے لیے اس میں پانی ملا دیا۔ پھر اسے اس کی جگہ پر اُسی طرح رکھ دیا جیسے وہ پہلے رکھی تھی۔

آج بشیر کا دن ہی نہیں گزر رہا تھا اور شام آ کر دینے کا نام ہی نہیں لے رہی تھی وہ کئی کئی بار رات کے بارے میں سوچ چکا تھا۔ اور تو اور وہ زرینہ کو بھی کچھ پیار اور کچھ سختی سے رضا مند کروا چکا تھا۔ خدا خدا کر کے رات آئی۔ پہلے اس نے بہت کوششوں سے سمجھا بجھا کو زرینہ کو صاحب جی کے کمرے میں بھیج دیا اور پھر اپنے خالی گھر آ کر نیلو کو بلا والیا۔ نیلو جب کمرے میں داخل ہوئی تو بشیر بیٹھا چوری کی شراب پی رہا تھا۔ پھر نیلو نے بشیر کے احسان کی قیمت چکا دی۔ صبح بشیر کا اُٹھنے کو جی نہ چاہ رہا تھا کچھ شراب اور کچھ نیلو کا خمار ابھی بھی باقی تھا مگر زرینہ کے آنے سے پہلے اُسے نیلو کو گھر بھیجنا تھا۔ تاکہ دونوں ہی بے خبر رہیں اور پھر اُسے زرینہ کا انتظار بھی تھا۔

نیلو تو اس وقت تک آجاتی تھی۔ مگر زرینہ کیوں نہیں آئی۔ ابھی وہ یہ سوچ ہی رہا تھا کہ زرینہ عجیب سی حالت میں گھر میں داخل ہوئی۔ زرینہ کی وہی حالت تھی جس حالت میں نیلو یہاں سے گئی تھی۔ بشیر کے قدموں تلے سے زمین سرکنے لگی۔ وہ ایک دم آگ بگولہ ہو گیا اور بے تاب ہو کر زرینہ کی طرف بڑھا مگر اس کے قریب جا کر رُک گیا۔

اُسے اپنی آنکھوں پر یقین نہیں آ رہا تھا۔ وہ پچھلے کئی دن سے نیلو کو دیکھ رہا تھا تو کیا نیلو چھوٹ بولا کرتی تھی یا زرینہ نے خود کو ہی پیش کر دیا۔ اُس کی آنکھوں میں خون اُتر آیا اُس نے آگے بڑھ کر زرینہ کے بال پکڑ لیے اور دوسرا ہاتھ اُسے مارنے کے لیے ہوا میں بلند ہوا۔ وہ چیخ چیخ کر زرینہ سے سوال کرنے لگا۔

'بول ایسا کیسے ہوا؟' زرینہ نے سراسیمگی کی حالت میں اُسے بتایا کہ مجھے تو خود نہیں معلوم بس جب میں کمرے میں گئی تو صاحب جی شراب پی رہے تھے اور موسیقی سن رہے تھے۔ پھر جب اُن کی شراب ختم ہو گئی تو وہ مجھے دیکھتے ہوئے اپنی جگہ سے اُٹھے اور چل کر میرے پاس آئے میرا ہاتھ اپنے ہاتھ میں لے کر بولے آج پتہ نہیں شراب نے مجھے ہوش سے بے گانہ کیوں نہیں کیا حالانکہ آج بھی میں نے پوری بوتل پی ہے اور پھر میں میں ......'' زرینہ سے آگے کچھ نہ بولا گیا۔ بشیر کی زرینہ کے بالوں پر گرفت ڈھیلی ہو گئی اور ہوا میں بلند ہاتھ اُس کے اپنے ہی سر پر آ گرا۔ وہ زمین پر بیٹھتا چلا گیا اور یہ بھی نہ دیکھ اور سن سکا کہ زرینہ کے ایک ہاتھ میں شراب کی ٹوٹی ہوئی بوتل ہے جس سے خون ٹپک رہا ہے اور لبوں پر جملہ ہے کہ 'بشیرے میں گائے نہیں۔''

(مرکزی خیال احمد ندیم احمد قاسمی کے افسانے '' رئیس خانہ '' سے ماخوذ)

● نوشابہ خاتون

پکھیرو

وہ ایک ایک دیوار، ایک ایک دریچہ اور محراب کو بڑی حسرت بھری نگاہوں سے دیکھ رہا تھا جنھیں اس نے اپنے خون پسینہ سے سینچا تھا۔ گھر کی ایک ایک اینٹ میں اس کے پسینے کی خوشبو بسی تھی۔ یہ اس کا روز کا معمول تھا۔ صبح اٹھتا، درودیوار کو حسرت سے دیکھتا، ایک ایک چیز کو جھاڑتا' پونچھتا' سجاتا۔ ایسا کرتے ہوئے اسے ایک خاص قسم کی لذت اور طمانیت کا احساس ہوتا۔ محراب کو جھاڑتے ہوئے اس نے دیکھا کہ محراب کے نیچے والی طاق میں اس بار پھر چڑیوں نے گھونسلہ بنانا شروع کر دیا ہے۔ وہ صبح سے شام تک تنکے چن چن کر لاتیں اور اپنا آشیانہ بناتیں۔ جب گھونسلہ تیار ہو گیا تو ایک چڑیا نے دو انڈے دیے۔ ان انڈوں سے دو بچے نکلے۔ بچے کیا تھے بس گوشت کے لوتھڑے تھے جن کی دیکھ بھال میں دونوں نر مادہ لگے تھے۔

یہ فطرت کا تقاضا ہے، ممتا کا بے لوث جذبہ ہے، جسے قدرت نے ہر ذی روح کو عطا کیا ہے۔ گویا زندگی خدا کے بعد ماں باپ کا دیا ہوا انمول عطیہ ہے۔ اگر ایسا نہ ہوتا تو دنیا کی آبادی میں آج اتنا اضافہ نہ ہوا ہوتا۔

دونوں نر مادہ باری باری چرنے چگنے کے لیے جاتے۔ ایک جاتا تو دوسرا بچوں کی حفاظت کرتا۔ دشمنوں کے حملوں سے بچانے کے لیے اسے اپنے پروں میں سمیٹ لیتا۔ سیوسیو کر اسے بڑا کیا۔ یہاں تک کہ ان کے پر نکلنے لگے اور جب پوری طرح پر نکل آئے وہ اُڑنے کے لائق ہو گئے تو ایک دن پھر سے اڑ گئے۔ اپنا گھونسلہ کہیں اور آباد کر لیا۔ وہ بڑے ہی انہماک سے چڑیوں کی ان حرکات وسکنات کو دیکھ رہا تھا۔ دیکھتے دیکھتے کہیں کھو گیا' ماضی میں گم ہو گیا۔

چار دنوں سے مسلسل بارش ہو رہی تھی۔ ہوا بھی طوفانی تھی۔ پورا علاقہ جل تھل بنا ہوا تھا۔ بادوباراں کے زوردار تھپیڑوں نے اس کی جھونپڑی کو ہلا کر رکھ دیا تھا۔ کہیں سے ٹین کھسک گیا تھا تو کہیں سے پھونس اُڑ گیا تھا اور کہیں پلاسٹک اُڑ کر دور جا گری تھی۔ بارش کی بوچھار جھونپڑی کے اندر تیزی سے آنے لگی تھی۔ کہیں تل رکھنے کی جگہ نہیں تھی۔ بس ایک پلنگ بھر جگہ بچی ہوئی تھی۔ جس پر بیک وقت تین افراد نہیں سو سکتے تھے۔ جب بیوی بچے کو لے کر سوتی تو وہ بیٹھا رہتا۔ جب وہ لیٹتا تو بیوی بیٹھی رہتی۔ کھانے پینے کی چیزیں ختم ہو رہی تھیں۔ انھیں بچے کی بڑی فکر تھی۔

''منّا کے بابا!'' اس نے اونگھتے ہوئے شوہر کو مخاطب کیا۔

''اب کی برسات ختم ہوتے ہی ایک کوٹھری کا بندوبست کیجیو۔اس جھونپڑی میں تو ہم مرجائیں گے۔اپنا نہیں تو بچے کا خیال کرو۔''

''تو کیا سمجھتی ہو کہ مجھے بچے کا دھیان نہیں ہے۔ مجھے خود اس کی فکر ہے۔ پر کیا کروں، جیب ساتھ نہیں دیتی۔''

''اب دیکھو نا کھانے پینے کا سامان ختم ہورہا ہے۔ پانی کا زور کم ہونے کا نام ہی نہیں لے رہا ہے۔آس پاس کوئی دکان بھی نہیں ہے۔ایسے میں بچہ تو بھوکا ہی مرجائے گا۔''

خدا خدا کر کے بارش کا زور تھم گیا۔زندگی معمول پر آگئی۔وہ بھی کام پر جانے خدا خدا کر کے بارش کا زور تھم گیا۔ زندگی معمول پر آگئی۔وہ بھی کام پر جانے لگا۔وہ ایک کارخانے میں منشی تھا۔بہت ہی کم تنخواہ تھی۔بڑی مشکل سے تین افراد کی گزر بسر ہورہی تھا اور اب ایک کوٹھری کی فکر بھی ہورہی تھی۔کوٹھری کا مالک چھ ماہ کا ایڈوانس مانگ رہا تھا۔اس نے بھی اپنے مالک کو ایڈوانس کے لیے عرضی دے دی تھی لیکن ایک منشی کو ہزار روپے ایڈوانس ملنا مشکل تھا۔بہت ہی سوچ بچار کے بعد اس نے ایک ٹھیلا کرایے پر لیا جس پر کچھ سبزیاں اور پھل رکھ کر گنجان آبادی والے لنکڑ پر بیچتا۔صبح پانچ بجے اپنا ٹھیلا لگاتا اور نو بجے کارخانہ جاتا۔وہاں سے واپس آکر پھر رات کے گیارہ بجے تک سبزیاں اور پھل فروخت کرتا۔جوڑ جوڑ کر اس نے اتنا پیسہ جمع کر لیا کہ برسات آنے سے قبل ایک کوٹھری کرایے پر لے لی۔کوٹھری میں آنے کے بعد اس کی رہائش قدرے بہتر ہوگئی۔فراغت ہونے پر ایک بچے نے اور جنم لیا۔وہ بچوں کو بڑے جتن سے پال رہا تھا۔کھان پان سے لے کر پڑھائی لکھائی میں کبھی کوئی کوتاہی نہیں کرتا تھا۔بچوں کی نت نئی فرمائشیں پوری کرتا۔بڑے بیٹے نے کہا۔

''بابا اس جاڑے میں مجھے نیا کوٹ چاہئے۔اب پرانا سوئٹر نہیں پہنوں گا۔میرے دوست میر انداق اڑاتے ہیں۔''

''ٹھیک ہے! بن جائے گا تو کیوں فکر کرتا ہے۔'' لیکن وہ خود فکر میں ڈوب گیا۔کہیں نہ کہیں سے کوٹ کے لیے پیسہ کا انتظام تو کرنا ہی پڑے گا۔کہیں ایسا نہ ہو کہ بچے کو ٹھنڈ لگ جائے۔ دیکھتا ہوں شاید مالک تھوڑا ایڈوانس دینے کے لیے راضی ہوجائے۔ابھی وہ فکر میں ڈوبا ہی تھا کہ چھوٹے بیٹے نے کہا۔

''بابا میرے سارے کپڑے پرانے ہوگئے ہیں۔ مجھے نئی شرٹ چاہئے۔''

''وہ بھی بن جائے گی۔ تجھے فکر کرنے کی ضرورت نہیں ہے۔ابھی میں زندہ ہوں۔''

وہ بچوں سے زیادہ خود کو باور کرانے کی کوشش کررہا تھا کہ اس کے ہوتے ہوئے بچوں کو کوئی تکلیف نہیں ہونی چاہئے۔

''بابا مجھے یہ چاہئے' بابا مجھے وہ چاہئے۔''

اس طرح فرمائشوں کا سلسلہ جاری رہتا۔ اس نے کبھی بیٹوں کی فرمائشوں کو رد نہیں کیا تھا کہ وہی تو اس کے مستقبل تھے۔ حالات کچھ بہتر ہوئے تو حوصلہ بھی بلند ہوا۔ اس نے اور زیادہ محنت کرنی شروع کر دی اور اتنا کچھ حاصل کر لیا کہ زمین کا ایک چھوٹا سا پلاٹ خرید لیا۔ پھر دھیرے دھیرے مکان کی تعمیر کا کام شرع ہو گیا۔ بڑی لگن اور بہت ہی محنت مشقت سے اس نے اپنا مکان مکمل کیا۔ لیکن مکان اسے راس نہ آیا۔ بیوی داغ مفارقت دے گئی۔ گاڑی کا ایک پہیہ ٹوٹ چکا تھا۔ اب اسے ایک ہی پہیہ سے زندگی کی گاڑی کھینچنی تھی۔ لڑکے دونوں بڑے ہو چکے تھے۔ لیکن ان کا انداز جداگانہ تھا۔ انھوں نے باپ کو محنت مشقت کرتے دیکھا تھا لیکن خود اس کا مزہ نہیں چکھا تھا۔ وہ بڑے ہی ناز و نعم میں پلے تھے۔ ان کی ہر خواہش، ہر خوشی پر باپ نے خود کو قربان کر دیا تھا اور اب بیوی کی جدائی اور جان توڑ محنت نے اسے قبل از وقت بوڑھا کر دیا تھا۔ لیکن اپنے بچوں کو دیکھ کر وہ تازہ دم ہو جاتا۔ ساری تھکاوٹیں، سارے دکھ بھول جاتا اور ایک روز تو اس کے پورے جسم میں ایک عجیب سی توانائی بھر گئی تھی۔ وہ برسر روزگار ہو گئے تھے۔ اب اسے کسی بات کی فکر کرنے کی ضرورت نہ تھی۔ لیکن ایک بات کا دکھ تھا کہ وہ دونوں اس سے جدا ہو کر دور چلے گئے تھے۔ پھر بھی وہ سوچ رہا تھا کہ چند دنوں کی تو بات ہے۔ بہت جلد بہوئیں آئیں گی، پوتے پوتیاں ہوں گی تو یہ گھر آباد ہو جائے گا۔ بہوئیں بھی آئیں۔ پوتے پوتیاں بھی ہوئیں۔ لیکن گھر آباد نہ ہو سکا۔ بیٹے اور دور ہوتے ہو گئے۔ ایک دن اس نے دونوں بیٹوں سے کہا۔

''بیٹا! اب میں بہت بوڑھا ہو گیا ہوں۔ بیمار بھی رہنے لگا ہوں۔ کوئی دیکھنے والا نہیں ہے۔ وقت کاٹے نہیں کٹتا۔ گھر کاٹنے کو دوڑتا ہے۔ اس لیے سوچ رہا ہوں کہ اس گھر کو کرایے پر اٹھا دوں اور تمھارے ساتھ ہی رہوں۔'' باپ کی بات سنتے ہی دونوں بیٹے ایک دوسرے کا منھ دیکھنے لگے۔ بڑا بیٹا تو خاموش ہی رہا۔ چھوٹے نے کہا۔

''ٹھیک ہے ابھی میں پوری طرح سیٹل نہیں ہوا ہوں۔ جب سیٹل ہو جاؤں گا تو آپ کو اپنے پاس بلا لوں گا۔''

پھر جب بھی وہ دونوں فون کرتے یا گھر آتے تو وہ بڑی آس بھری نظروں سے انھیں دیکھتا کہ شاید اس بار وہ انھیں اپنے ساتھ لے جانے کی بات کریں۔ لیکن ہر بار وہ ہفتہ دو ہفتہ سیر و تفریح کر کے چلے جاتے اور وہ حسرت بھری نگاہوں سے انھیں دیکھتا رہ جاتا۔ لیکن آج چڑیوں کی کہانی نے اس پر یہ حقیقت عیاں کر دی کہ قانون قدرت یہی ہے۔ یہی دنیا کا دستور ہے۔ لیکن پھر بھی وہ سوچ رہا تھا کہ حیوان اور انسان میں کچھ فرق ہونا چاہیے کیونکہ انسان کو تو اشرف المخلوقات کہا گیا ہے۔

◄◄ ● ►►

● سرفراز جہاں

آشواسن

"ارے رامو! کہاں جارہا ہے؟ بڑی جلدی میں ہے کیا؟"

"نہیں جو ر...... نہیں ...... ہاں جو ر ہاں۔ آپ کو دیکھا نہیں سرکار!" رامو جلدی سے بولا جیسے معاملہ سنبھال رہا ہو۔ مکھیا جی کے تیور چڑھ گئے۔

"دیکھا نہیں کہ دیکھ کر ان دیکھا کرتا ہے۔ اٹھلاتا ہے بے۔"

"نہیں جو ر ایسی مجال کہاں؟" رامو عاجزی سے بولا۔ مکھیا جی تھوڑا اور تیور چڑھا کر بولے۔

"اس سال فصل اچھی ہوئی ہے نا۔ چربی تو چڑھنی چاہئے تھوڑی......"

"نہیں جو ر ایسا نہیں ہے۔ آپ ہی تو مائی باپ ہیں جو ر۔ ایسا کیسے کرسکتا ہوں اپنا بنسیا ہے نا اسکا بڑکا بٹوا راگھب آج بھور بھئے مرگیا ہے۔ ہمرا ابھی کھبر ملی ہے۔ اسی کے گھر وا جارہے تھے۔" رامو افسوس کرتا ہوا بولا۔

"ہم تو کام پر اپنے کھیتوا پر جارہے تھے مگر اب سنے پر اسکے پاس جانا جروری ہو گیا نا۔ کریا کرم کے لئے سمسان لے جارہا ہے جو ر۔ اسی سے جلدی میں تھے تو آپ کو نہیں دیکھ سکے اور کونو بات نہیں۔ وہاں سے لوٹ کر آتے ہیں سرکار تو آپ کی کھدمت میں حاجر ہونگے۔"

مکھیا جی کچھ نرم پڑے۔ افسردگی سے پوچھا۔

"کیا ہوا تھا لونڈے کو؟"

"کچھ نہیں ہوا تھا سرکار۔ نہ سردی نہ کھانسی نہ بکھار آیا۔ کچھو نہ ہوا تھا جو ر۔ رات میں الٹی اور ایک ٹٹی ہوا اور صبح میں چل بسا۔" رامو کے آنکھوں میں آنسو آ گئے تھے۔ اس نے چھپا کر پوچھ ڈالا۔ پچھلے سال اس کے بیٹے کے ساتھ بھی یہی ہوا تھا کہ ذری سی سردی کھانسی اور ہلکا سا بخار چڑھا ہوا تھا اور ایک اُلٹی اور ایک پیخانہ ہوا بس۔ بھگوان کو پیارا ہو گیا تھا۔ یہ سوچ کر رامو اور بھی اداس ہوا اور ٹھنڈی سانس بھرنے لگا۔ اتنے میں مکھیا جی نے پھر پوچھا۔

"ڈاکٹر کو نہیں دکھایا تھا کیا بنسیا نے؟

"ہاں جو ر! دکھایا تھا۔ ڈگٹر صاحب نے دوا دی تھی اور کہا تھا کہ بھور ہوتے ہوتے ٹھیک ہو جائے

گا مگر وہ تو بھور ہونے سے پہلے ہی بھگوان کو پیارا ہو گیا۔

''کون ڈاکٹر کو دکھایا تھا۔'' مکھیا جی بات پر زور دیتے ہوئے بولے۔

وہی ڈاکٹر صاحب اپنے گاؤں والا...... پریم پرساد۔ اتنا چھوٹی سی بیماری میں اتنا جلدی روپے کا بندوبست کر کے سہر لے جانا اور اتنا کھرچ کرنا ہم غریب آدمی کے لئے آسان نہیں ہوتا ہے بابو جی۔ اور سمجھ میں بھی نہیں آتا ہے کہ ایسا ہو جائے گا نہیں تو ماں باپ اپنے کو بیچ کر بھی علاج نہیں چھوڑے گا حجور۔ مگر یہ سب بھی بھاگیہ کی بات ہے۔'' مکھیا جی تسلی دیتے ہوئے بولے

''ہاں ہاں صحیح کہتے ہو۔ جاؤ جاؤ جلدی جاؤ۔ میری طرف سے بھی بنسیا کو تسلی دے دینا۔''

ٹھیک ہے حجور، ٹھیک حجور کہتے ہوئے رامو بھاگا۔ مکھیا جی نے پکار کر کہا ارے رامو! پھگوا کو بھی بلا کر ساتھ لیتے آنا۔ اچھا مالک اچھا۔ کہتا ہوا رامو چلا گیا۔

دوسرے دن مکھیا جی نے اعلان کروایا کہ سب گاؤں باسی پنچائت میں جمع ہوں فلاں وقت فلاں جگہ کسی کام کے سلسلے میں میٹنگ کی جائے گی جس میں سب لوگوں کی حاضری انیوارجیہ ہے۔ ٹھیک سمئے پر سبھی لوگ بتائے گئے استھان پر جمع ہو گئے۔ سبھی لوگ پریشان تھے کہ مکھیا جی کون سی بندش لگائیں گے؟ مکھیا جی کیا کر بڑھائیں گے فصل پر یا اپنی زمین پر کام کی مجوری گھٹائیں گے۔ سبھی خاموش سوچ میں بیٹھے تھے ابھی تک اوچھن نہیں آیا تھا جو بولنے میں سب سے تیز تھا۔ سبھی اسی کا انتظار کر رہے تھے۔ سب من من دعا کر رہے تھے کہ مکھیا جی کے آوے سے پہلے اوچھن آ جائے نہیں تو مکھیا جی اسے ڈانٹے گا اور وہ بھی کچھ سے کچھ بول دے گا۔ مکھیا آئے اور اسٹیج پر اپنی جگہ بیٹھ گئے۔ اسکی بعد اوچھن آیا مگر اس بار بڑی حیرت ہوئی کہ مکھیا جی نے اسے کچھ نہیں کہا اور ہنس کر رہ گئے آج مجاج بہت خوش بوجھاوے ہے مکھیا جی کا ایسا کیا ہو گیا؟ خیر!

مکھیا جی نے بنسیا کے بیٹے کی موت پر دکھ پرکٹ کیا اور اسکی آتما کی شانتی کے لیے کھڑے ہو کر دو منٹ کا مون رکھا۔ پھر پراتھنا کی۔ اس کے بعد سبھوں کو بیٹھنے کا حکم دیا اور خود بھی بیٹھ گے۔ سبھی لوگوں نے گاؤں کی بری ووستھا اور دینیئے استھتی پر وچار ویمرش کیا۔ ہر سال یہاں دو چار موت ڈائریا کالی بخار کالی کھانسی نمونیا جیسی مہلک بیماری میں ہو جاتی ہے۔ گرمی جاڑا برسات کی شدت سے اور اس سے پیدا شدہ بیماری سے موتیں ہوتی رہتی ہیں۔ اسے روکنا ضروری ہے۔ اور دو چار مریض تو شہر لے جاتے لے جاتے دم توڑ دیتے ہیں۔ سبھوں نے اپنے اپنے وچار مختلف رکھے۔ بہت سوچ وچار کے بعد یہ پرستاو پارت ہوا کہ گاؤں کی بھلائی کی خاطر یہاں ایک ہوسپیٹل کا ہونا لازمی ہی نہیں بلکہ بہت ضروری ہے۔ سبھوں نے با آواز بلند حامی بھری، ہاں ہاں کیوں نہیں۔ بہت جروری ہے سبھی لوگوں کے پاس اتنا روپیہ نہیں رہتا کہ ووقت پڑنے پر شہر کی طرف دوڑیں۔

''ہاں حجور! ضرور کچھ کریں۔'' چاروں اور سے آواز گونجی۔

''آپ سے پہلے جو مکھیا جی تھے نہ حجو ر۔ان کے حجو ری میں منگو دادا کی بیٹی کے پیٹ میں جونک نے کاٹ لیا۔ پریم پرساد ڈاکٹر بابو نے اُکرا بچاوے کے بہت کوسس کیا مگر اسکی بٹیا نہیں بچی۔'' مکھیا جی نے بڑی حیرت سے پوچھا۔

''جونک نے کاٹ لیا...... جونک کیسے کاٹتا ہے؟''

''ہاں سرکار! وہ مری نا تو اسکے منہ ناک سے جندہ جندہ جونک بہت سارا نکلا۔'' سبھوں نے گواہی...... دی ہاں ہاں حجو ر۔مکھیا جی کو ماننا پڑا کہ ہاں ایسا ہوا ہوگا۔

''پچھلے سال بدھنا کا بیٹا سروسا پوکھر میں نہاوے گیا۔اس کے پورے سریر میں جونک لپٹ گیا۔ بہت خون چوس لیا سرکار۔اس کا پورا پریوار چھڑاتے چھڑاتے پریسان ہوگیا۔ جہاں جہاں جونک نے کاٹا تھا وہاں سے خون کا بہنا بند نہ ہوا تب پریم پرساد نے دوا دیا تب خون بند ہوا۔''

''دو سال ہوا سرکار میری بیٹی بھی مرگئی۔'' کلوا روتا ہوا بولا۔

''میں تو اسے سہر لے جا رہا تھا کہ راستے میں ہی مرگئی۔'' مکھیا جی نے کہا۔

''شہر بھی تو بہت دور ہے۔ پریم پرساد کو نہیں دکھایا تھا؟''

''ہاں بابو جی! کھایا تھا مگر اس نے اپنے ہاتھ میں نہیں لیا۔ ڈلیوری کیس رہا سرکار۔ وہ بھی کیا کرے حجو ر۔مریض اس کے ہاتھ میں نہیں ٹھہرتا۔'' مکھیا جی نے ٹھنڈی سانس بھرتے ہوئے کہا۔

''اسی لئے تو میں نے سوچا ہے کہ گاؤں میں ایک ہاسپٹل کا ہونا میں بہت ضروری ہے۔'' سب نے ہامی بھری اور بدھائی دی۔مکھیا جی نے کہا کہ پہلے میں یہاں کا مکھیا نہیں تھا ورنہ ابتک ہاسپٹل ک بنوا دیتا۔ابھی بھی کچھ نہیں ہوا ہے...... بن جائے گا۔آسوا سن رکھو۔گاؤں میں آئے دن ڈاکٹر، حکیم، ہاسپٹل کی ضرورت ہوتی رہتی ہے۔کبھی سیلاب اپنے ساتھ بیماری بہا کر لے آتا ہے اور شہر جانے کی فرصت بھی نہیں دیتا۔کبھی گرمی کے سورج کی تپش لو کی بارش کر دیتی ہے۔کبھی جاڑے سے کانپتی ہوئی دھرتی اپنے میں سمونے کو تیار ملتی ہے۔سال کے ان تین انا کونڈا اجورہ رہ کر گاؤں کو نگلنا چاہتا ہے۔اس سے بچانے کے لئے کچھ تو کرنا پڑے گا۔ابھی تم لوگ جاؤ۔میں سوچتا ہوں کیسے کیا ہوگا؟'' سبھی لوگ خوشی خوشی اپنے گھر یہ بات کرتے آگئے کہ یہ مکھیا گاؤں کا بھلا کرے گا۔

دس دن کی بعد مکھیا جی نے پھر بیٹھک کی اور سبھوں کو بلایا اور بتایا کہ میں عرضی لے کر گیا تھا ہاسپٹل کے سلسلے میں بات کرنے کو۔سبھی یہ بات جان کر بہت خوش ہوئے۔مکھیا جی نے بتایا کے اس عرضی کو باہر تک پہنچوانا پڑے گا جس کے لئے بہت لمبا خرچ تم لوگوں کو پڑے گا۔میں تو کروں گا ہی، تم لوگوں کو بھی میری مدد کرنی پڑے گی تھوڑی بہت۔سب ایک آواز ہو کر بولے...... ''ہاں حجو! رجرور جرور۔آپ بتائیں تو۔''

''تم ملوگ چندہ کر کے جتنا ہو سکے جمع کرو کیونکہ اس کے بغیر کام نہیں ہو سکے گا۔''

'' ٹھیک ہے حجور! پھسل ہو جانے دیں۔'' بیٹھک ختم ہوتے ہی سبھی لوگ اپنے اپنے گھر لوٹنے لگے۔

''چلو ایک سال کا پھسل نہیں سہی۔ سمجھ لیں گے کہ اس سال سوکھا پڑ گیا۔''

مکھیا جی کا منشی سب گاؤں والوں سے کہتا کہ تم لوگ کبھی کبھی مکھیا جی کو کچھ بھینٹ پہنچایا کرو تا کہ جلدی کام کرا دیں اور دھیان ادھر ہی لگائیں ورنہ انہیں بہت کام رہتا ہے۔ وہ غریب اپنے گھر میں جھگڑا کر کے اپنے بچوں کا آدھا رچھین کر مکھیا جی کے گھر دینے لگے کہ ہاسپٹل جلدی تیار ہو جائے گا۔ فصل کٹی تو سبھی کسان فصل کی بکری مکھیا جی کے پاس الگ الگ جمع کر دی۔ گھر میں عورتیں کلیجہ پیٹ کر اور رو کر رہ گئیں۔ ''سال بھر بچوں کو کیا کھلاؤں گی۔''

مکھیا جی کبھی کلو کبھی راموا اور کبھی بدھن میاں سے گھر کا کام کروا لیتے تھے۔ مفت کی چاکری بھی ہوتی رہی اور ایسا کرتے بہت دن گزر گئے۔ کبھی کوئی سر پھرا کسان مکھیا جی سے بھینٹ ہونے پر دعا سلام کے بعد ہاسپٹل کے بارے میں پوچھ لیتا مکھیا جی کبھی سمجھا کر کہتے اور کبھی غصہ ہو کر کہتے علاء الدین کا چراغ ہے کیا کہ گھِسا اور ہاسپٹل حاضر۔ کوشش تو کر رہا ہوں۔ میں اس ہفتے بھی منسٹر کے پاس گیا تھا۔ کہا ہے کہ کام ہو جائے گا۔

سبزی پھل پہنچاتے پہنچاتے پانچ برس بیت رہے تھے۔ اب نیا چناؤ آنے والا ہے۔ اب پھر ووٹ اسی کو دینا پڑے گا۔ پانچ سال کے لئے مکھیا اسے ہی بنانا پڑے گا۔ پانچ سال تک گلامی اس کی اور کرنی پڑے گی ورنہ ہم لوگوں کا سب روپیہ پیسہ، محنت، پھل پھلیری پہنچانا سب اکارت ہو جائے گا۔

اس مکھیا کو آٹھ برس ہو گئے۔ نہ علاء الدین کا چراغ ہاتھ لگا نہ ہاسپٹل بنا۔ وہی ڈاکٹر پریم پرساد تھا۔ وہی رونا وہی گانا وہی قصہ پرانا......صرف تھا آسواسن اور ایک آشا۔

◄◄ ● ►►

• صفیہ شاھد

نیلا پردہ گلابی کناری

''یہ کیا کر دیا......اتنے قیمتی پردے کیوں برباد کر دیئے؟''

ابھی میں نے چند بخیے ہی ادھیڑے تھے کہ اماں عین سر پر آ کھڑی ہوئی۔ میں نے سنی ان سنی کرتے ہوئے اپنا کام جاری رکھا۔ آنسوؤں سے دھندلائی ہوئی آنکھوں سے سلائی واضح نظر نہیں آ رہی تھی مگر میں نے ہاتھوں کو رکنے نہیں دیا۔ جہاں بخیہ ہاتھ نہ لگتا وہاں سے کپڑا الگ اطراف میں کھینچ کر سلائی ادھیڑ دی۔ ایک ایک بخیہ نکالنے پر میرے دل نے ہزار ترلے کیے اور میرے پاؤں پڑتا رہا......مگر پاؤں پڑنے سے کیا ہوتا ہے، بخیے ادھیڑنے کا کام تو شاید وہ احساس کر رہا تھا جو اپنی تمام تلخ حقیقتوں سمیت میری رگوں میں اتر چکا تھا۔ میں نے ساری کی ساری نیلی کناری ادھیڑ کر رکھ دی۔

اماں کے کمرے میں گلابی پردہ اور میرے کمرے میں یہ نیلے رنگ کا پردہ میں نے بڑے ارمانوں سے لگایا تھا...... ہلکے نیلے رنگ کا جالی دار پردہ جس پر لگے گولڈن موتی اتار دیئے تھے میں نے۔ البتہ کناریوں پر ذرا زیادہ گہرے نیلے رنگ کی لیس تھی، نہ جانے کیوں اسے لگا رہنے دیا......شاید وہ نیلے رنگ کا ہی ایک شیڈ تھا، تو شیڈ کی خیر ہے بس رنگ نیلا ہونا چاہیے۔ جب جب پردہ پنکھے کی ہوا سے لہراتا مجھے اپنا آپ بہت خاص محسوس ہوتا اور ایک سرشاری سی مسکراہٹ میرے لبوں پر پھیل جاتی۔ جب سے اس نیلے رنگ سے میں نے خود کو جوڑا تھا ایک اذیت اور اطمینان باری باری میرے آس پاس منڈلاتے رہتے تھے۔ جہاں تک مجھے یاد ہے نیلے رنگ سے میری یہ انسیت گل خان کی ریڑھی سے شروع ہوئی تھی۔ سردیوں کی وہ ٹھٹھرتی شام مجھے رنگوں کی تخصیص میں ڈال گئی جب ایک خاتون گل خان سے گلی کے نکڑ پر کھڑی بحث کر رہی تھی۔

''خان بھائی! گلابی جرابیں ہی چاہئیں۔'' خاتون نے گلابی رنگ پر زور دیتے ہوئے کہا تھا۔

''نیلی یا کالی لے لو باجی۔'' گل خان کو تو بس بیچنے سے غرض تھی۔

'نہیں خان بھائی! نیلی تو لڑکوں کے لیے ہوتی ہیں۔'' اس جملے کو سن کر میرے پیر وہیں جم گئے۔

''مجھے میری بیٹی کے لیے گلابی جرابیں ہی چاہئیں۔'' خاتون بضد تھیں۔

''واااا وااا......رنگوں سے کچھ نہیں ہوتا باجی! یہی لے جاؤ۔ سردی ہی روکنی ہے۔ لے جاؤ لے

جاؤ۔'' گل خان پیشہ ورانہ انداز میں بولتا رہا اور جرابیں ترتیب سے رکھتا رہا۔ وہ دن اور آج کا دن نیلے اور گلابی رنگ میں سے اپنے رنگ کی تلاش کا جنون میری ذات کا حصہ بن گیا۔ محض دو رنگوں میں سے ایک کے انتخاب کا سفر میری زندگی پر محیط نکلا۔ گلابی رنگ کے پیچھے دوڑتے دوڑتے پیر لہولہان ہو جاتے اور سرخ خون کو دیکھ کر میرا دل گھبرانے لگتا۔ مجھے یوں لگتا کہ کسی اندھیری کوٹھڑی میں قید ہوں میں جس میں میری سانس رک رہی ہے مگر میرا ہونا دکھائی نہیں دے رہا۔ یہ ہو کر بھی نہ ہونے کا احساس پل پل میری جان لیتا رہا۔ زیست کے اس سفر میں آج تک کہاں کہاں ان رنگوں کی لڑائی نہ لڑی تھی میں نے...... یہاں تک کہ بازاروں سے گزرتے ہوئے گلابی خوشبو اور نیلی خوشبو میرے وجود تک آ کر ضم ہو جاتیں اور ایک عجیب ناگوار ملی جلی سی بد بو نما خوشبو پھیل جاتی۔

''جلیل کاسمیٹکس'' کے سامنے سے گزرتے ہوئے ہر مرتبہ میری نظر شیشے سے دکھائی دیتی ہوئی رنگ برنگی چوڑیوں کی جانب بھٹکتی تھی۔ میری کلائیوں میں گلابی رنگ پھڑ کنے لگتا۔ نیلی تنی ہوئی رگیں اپنی جگہ حیران پریشان رہ جاتی تھیں۔ مگر میں نے کبھی قدموں کو اس جانب مڑنے نہیں دیا یہاں تک کہ اس کوشش میں نیلا اور گلابی درد میرے پورے جسم پر حاوی ہو جاتا۔ مجھے وہ دن بھی نہیں بھولتا جب جلیل کاسمیٹکس کی دکان والا زبردستی مجھے دکان میں لے گیا تھا۔

''ارے رک...... یہ سامان اٹھوا کر لے آ۔ اتنا سامان وہ رکشے والا منحوس یہیں اتار گیا کہ دکان کے آگے نالے کی کھدائی ہو رہی ہے، آگے نہیں جا سکتا۔'' میرے اندر سمائے نیلے رنگ نے سامان کے تھیلے اٹھانے پر اکسایا۔ دکان کی طرف بڑھتے ہوئے میں نے خود کو رنگوں کی پل صراط سے گزارا تھا۔

''لے آ...... لے آ......'' جیلے نے دکان کھولی اور اندر چلتا گیا۔ میرے قدم ایک لمحے کو سست پڑے مگر نیلے رنگ کی گرفت سامان پر مضبوط تھی اور گلابی چوڑیوں نے آنکھوں میں چمک بھر دی تھی۔ میں نے سامان رکھتے ہی خود کو غیر ارادی طور پر شوکیس کی جانب لپکتا محسوس کیا۔

''کچھ چاہیے کیا؟'' جیلے نے میری کمر پر ہاتھ رکھا۔ میں نے چونک کر دیکھا۔

''نن نہیں...... نہیں تو......'' جیلا آہستہ آہستہ نیچے تک کمر پر ہاتھ پھیرتا چلا گیا۔ میرے ماتھے پر پسینے پھوٹنے لگے۔

''ہٹو...... ہٹو...... نیلے رنگ نے پوری طاقت سے جیلے کو دھکا مارا مگر گلابی کمر جیلے کے بازو کے گھیرے میں قید ہو گئی۔

''رک جا...... کچھ نہیں کہتا...... یہ لے جا۔'' اس نے ہاتھ بڑھا کر میک اپ کے ریک سے بغیر دیکھے کچھ اٹھایا اور میرے ہاتھ میں رکھ کر مٹھی دبائی۔

''پکڑ......'' اس نے زبردستی میری مٹھی بند کی۔

''کوئی دکان میں کیوں نہیں آجاتا؟''"میرے سہمے ہوئے دل نے دبی دبی سی دعا کی اور میں نے کھدائی والی مٹی کو دیکھا۔ دولڑکیاں مٹی پر پیر جمائے احتیاط سے دکان کی جانب بڑھ رہی تھیں۔ جیلے نے بھی میری نظروں کے تعاقب میں باہر کی جانب دیکھا تو جلدی سے چھوڑ دیا۔

''چل جا...... کچھ چاہیے ہو تو آجانا۔'' دکان سے نکلتے وقت میرے پاؤں کانپ رہے تھے۔ جاتے ہوئے پیر بہت احتیاط سے رکھے تھے مگر آتے ہوئے نالے کی مٹی میرے لڑکھڑانے کے سبب جوتوں میں بھر گئی تھی۔ میں نے گھر جا کر کمرے کا دروازہ بند کیا اور مٹھی کو کھول کر دیکھا۔ جیلے نے مجھے ایک سرخی دی تھی۔ میں نے خود کو شیشے میں دیکھا۔ میرے ہاتھ ہونٹوں کی جانب بڑھے......شوخ بھڑکیلے ہونٹ ایک لمحے کو اچھے لگے۔ مگر اگلے ہی لمحے میرا دل چاہا کہ کوئی اور میرے سامنے ہوتی جس کے ہونٹوں پر یہ لالی سجی ہوتی۔ یہ نیلے رنگ کی کارستانی تھی۔ میں نے سرخی بستر پر پڑے میرے دھلے ہوئے مردانہ کپڑوں کے ڈھیر پر پھینکی اور سیڑھیوں کی جانب دوڑ لگادی۔

ڈھولک کی تھاپ اور رنگوں کی چھاپ سے میری لڑائی جاری تھی۔ اس لڑائی کا ہر زینہ دکھ کے پلستر سے مضبوط ہوا تھا۔ اماں جی نے مجھ سے نہیں چھپایا تھا کہ ایک سڑک کے کنارے سے وہ مجھے ایسی حالت میں اٹھالائی تھیں کہ فروری کی سردی نے شاید کچھ نرمی دکھا کر ابھی میرے ہونٹوں اور ناخنوں میں ہی نیلاہٹ بھری تھی۔ یہ نیلا رنگ میری قسمت میں شروع سے موجود ہے کہیں۔ ہوسکتا ہے میرے آنسو بہہ بہہ کر کانوں کے پیالے میں جمع ہوئے ہوں۔ مگر مجھے معلوم ہے، کانوں کے پیالے بھرنے کے بعد میرے آنسو بہہ کر مٹی میں ملے ہوں گے یا اگر کوئی چادر مجھ پر تھی تو اس میں جذب ہو گئے ہوں گے۔ جس لمس نے ان آنسوؤں کو صاف کرنا تھا وہ تو چادر میں لپیٹ کر کھلی سڑک پر چھوڑ گیا تھا۔ اماں مجھے اٹھا کر لے آئی لیکن قسمت کے نیل مصلحت کی کسی سفیدی سے نہیں چھپتے۔ اور اس کا مزید اندازہ تب ہوا جب ذرا عمر کے گھوڑے پر سواری کی اور بے وفا زیست کے چند زینے اور طے کیے۔ اب آنسو گالوں پر پھسلنے کے بجائے اندر گرنے لگے۔ ان کی نمکینی کڑواہٹ میں بدلنے لگی اور اندر رنج وغم کا تھورا گنے لگا جس کے سب کانٹے ہر ہر انتڑی میں پیوست ہو گئے۔

اماں مجھے اپنا سہارا مانتی ہے۔ میرے بازو پر بنی مچھلیاں یہ اشارے دیتی ہیں کہ میں طاقتور ہوں۔ اماں مجھے چھپاتی نہیں تھی، سب کے درمیان رکھنا چاہتی تھی۔ مگر جب '' پورے ''اپنی کالونی میں میرے وجود پر اعتراض کرنے لگے اور گرو مجھے اپنے خاندان میں لانے کی ضد کرنے لگے تو اماں مجھے لے کر یہیں گرو کے قریب آ بسی۔ اماں نے مجھے میک اپ سے بچایا، مجھ سے گھنگھرو چھپائے لیکن زمانے کی نظروں میں میرے لیے کوئی ایک رنگ سجانے میں ناکام رہی۔ وہ میرا حوصلہ بڑھا کر مجھے باہر کام کے لیے بھیجتی ہے۔ باہر جاتے ہوئے میرے کچھ حصے گھر میں ہی رہ جاتے ہیں اور گلابی پردے سے لگ کر سکتے

ہیں، جبکہ باہر سے واپس آ کر نیلے پردے سے لپٹ کر کچھ حصے باقی کا گریہ کرتے ہیں۔اماں کو معلوم نہیں کہ چلتے چلتے کب مجھے دو حصوں میں بٹنا پڑتا ہے،سودا سلف اٹھاتے ہوئے میرا وجود نیلے رنگ کو اوڑھ لیتا ہے اور جسم میں جوش بڑھنے لگتا ہے، طاقت کے نشے کا سرور رگ رگ میں اتر جاتا ہے۔مگر گھر واپس آ کر شیشے کے سامنے آتے ہی گلابیاں چھلکنے لگتی ہیں۔میں نے کئی مرتبہ شیشے کے سامنے بیٹھ کر گلابیوں پر ملال کیا۔بالوں میں پھیرنے کو جب جب ہاتھ اٹھایا تو ہاتھ ایک خاص ادا سے لہرا جاتا اور انگلیاں بھی نزاکت سے لہرا کر بالوں میں پیوست ہو جاتیں۔مجھ سے ہاتھ کا یوں لہرانا برداشت نہیں ہوتا جبھی تو پٹھے اکڑا کر ذرا تیزی سے بالوں کی جانب ہاتھ بڑھایا، اس کوشش میں انگلیاں اور ہاتھ تو سیدھے رہتے مگر کندھا لچک کھانے لگتا، بازو لہرانے سے باز نہ آتا اور گردن بھی دائیں جانب ہلکا سا جھٹکا کھا جاتی۔کچھ میں نے دو رنگوں کی یہ لڑائی اپنی مرضی سے اختیار کی تھی اور کچھ حالات و واقعات کھینچ کھینچ کر مجھے اس میدان جنگ میں لے آتے تھے۔میرے ذہن کو کچوکے لگانے میں اس سبزی فروش کا کردار بھی ناقابل فراموش تھا جو گلی میں اکثر آتا تھا اور اماں آواز لگاتی تھی۔

''نور محمد......!''اس دن بھی اماں نے سلائی مشین کے پاس بیٹھے بیٹھے آواز لگائی تھی۔

''ہاں اماں......کیا ہوا......؟''باہر سبزی والا آواز لگا رہا ہے جاؤ سبزی لے آؤ۔کچھ بنا لوں کم بخت گیس پھر چلی جائے گی۔''میں نے دوڑ لگا دی۔سبزی والے سے ایک پاؤ بھنڈی کہی تو اس نے مجھے گاجر،مولی،اور کھیرا اٹھا اٹھا کر ان کا ریٹ بتانا شروع کر دیا۔مجھے لگا اس نے غلط سنا تھا میں نے ہکلاتے ہوئے تصحیح کی۔

''نہیں نہیں......بھنڈی !مگر بھائی......بھنڈی ٹھیک ہی سنا تھا۔میں نے اس کی ذومعنویت کو نظر انداز کرنے کی کوشش کی۔مگر جب اس نے سبزی کے ہر شاپر میں نظر بچا کر خراب ٹماٹر اور گلی سڑی مرچیں ڈالیں تو میرے گلابی رنگ چھلک پڑے اور گلابی لہجے پر سوار الفاظ ذہن سے باہر کود پڑے۔

''کانا ٹماٹر کیوں ڈال رہا ہے؟''میں نے غصیلے لہجے میں کہا جسے اس نے مکمل نظر انداز کرتے ہوئے اپنا کام جاری رکھا۔

ملاوٹ نہیں بھاتی تھی مجھے......یہ ملاوٹ کہیں کا نہیں رہنے دیتی انسان کو۔مگر''پورے''یہ سب نہیں سمجھ سکتے کیوں کہ ان کے پاس آنے والے رنگ برنگے نوٹ بھی آخر میں ایک ہی عدد بن جاتے ہیں۔رنگوں کے فرق تو میری دنیا میں تھے۔انہی خیالوں میں دہلیز پر پاؤں دھرے ہی تھے کہ اماں پر نظر پڑی۔اماں اپنی آنکھوں کے عین سامنے سوئی کو دو انگلیوں میں دبائے بیٹھی تھی اور دوسرے ہاتھ میں دھاگا تھا جسے بار بار ہونٹوں کے درمیان دبا کر گیلا کرتی اور سوئی کے ناکے سے گزارنے کی کوشش کرتی۔کافی دیر کوشش کرنے کے بعد اماں نے مجھے پکارا۔''نور محمد......!''میں نے گہرے خیالوں سے غوطہ کھا کر سر باہر نکالا۔

''ہاں اماں......!''

''یہ سوئی میں دھاگہ ڈال دے۔ سب دھواں دھواں لگ رہا ہے۔'' اماں کو ایسے دیکھ کر مجھے یہ بات اچھی طرح سمجھ آ گئی تھی کہ اب سلائی کڑھائی سے زیادہ دن تک چولہا روشن نہیں رہ سکتا۔ میں نے کام کا ارداہ کر لیا تھا اور اسی ارادے کو عملی جامہ پہنانے کے لیے الیاس بھٹے والے سے کام کہا تو پہلے وہ مسکرایا پھر کہنے لگا۔

''کم سے کم پندرہ سولہ اینٹیں ڈھونے کے لیے بھی کمر تختہ ہونی چاہیے۔ تم ان نزاکتوں سے وہی کام لو جو لینا چاہیے۔ اگر شام کو آ جاؤ تو خوب رونق رہے گی۔'' آنکھ دبائے مونچھوں کو تاؤ دیتا الیاس مجھے جیلے جیسا خبیث لگا۔

واپسی کے تمام راستے جیلے کی دی ہوئی لپ اسٹک، اس کا کمر پر ہاتھ پھیرنا، ٹھیکدار کا مشورہ، اماں کی دھندلائی آنکھیں، پیٹ میں دہکتا بھوک کا دوزخ، دو رنگوں کی لڑائی، خواہشوں کا روگ، حسرتوں کا سوگ، قدرت کی ناانصافی کا گریہ اور دم توڑتے شکوؤں کی آخری ہچکیوں کی زد میں میرا پورا وجود گھر ارہا۔ آنسو بہہ بہہ کر گریبان میں جذب ہوتے رہے۔ رنج کی انگلی تھامے صحن کے بیچ و بیچ میری غمگین آنکھیں کمروں کے دروازوں میں لٹکتے پردوں پر جا ٹھہریں۔ اپنے اصل سے لڑائی اتنی آسان نہیں ہوتی۔ میرے اندر گھٹن اور اضطراب نے شدت اختیار کر لی مجھے اور کچھ سجھائی نہ دیا تو میں نے بھاگ کر میرے کمرے کے دروازے کے آگے سے نیلے پردے کو کھینچ لیا۔ کیلوں سے اٹکا اماں کے کمرے کا گلابی پردہ بھی چرتا ہوا میرے ہاتھ میں آ گیا۔ میں نے نیلے پردے کی کناری ادھیڑ دی اور کانپتے ہاتھوں سے گلابی پردے کو کاٹ کاٹ کر پٹیاں بنائیں اور بے ڈھنگی سی لیس نما گلابی فرل بنا کر جیسے تیسے نیلے پردے کے ساتھ لگا دی۔ دو رنگوں سے سجا یہ پردہ مجھے بہت عجیب احساس سے دوچار کرنے لگا۔ میں اچھی طرح جان گیا کہ کوئی ایک رنگ میرا نہیں ہے۔ یہ دو رنگوں کا امتزاج ہی میری نیم پلیٹ تھا۔ شکست کا احساس، کرب اور اذیت کی لہریں دو رنگوں میں لپٹ کر میری آنکھوں کے راستے میرے پورے وجود میں اترنے لگیں۔ میں نے گلی والا دروازہ کھولا اور پردہ دروازے کے باہر لٹکا کر اپنے آنسو صاف کرتا اندر چلا آیا۔ اماں کو اب گھنگھرو مجھ سے چھپانے کی ضرورت نہیں تھی۔

◄◄ ● ►►

• روبینہ فیصل

خصوصی اجازت نامہ

کرونا کا وہ مریض جانتا تھا کہ وہ اپنے بیوی بچوں کو نہ چھو سکتا ہے نہ قریب سے دیکھ سکتا ہے، پھر بھی وہ انہیں آخری دفعہ دور سے ہی سہی مگر دیکھنا چاہتا تھا۔ اسے احساس تھا کہ وہ اس دنیا میں اب کچھ ہی گھنٹوں کا مہمان ہے۔ بیس سال پہلے جب وہ دنیا کے اس ترقی یافتہ ملک میں آیا تھا تو اس کے وہم و گمان میں بھی نہیں تھا کہ ایک پسماندہ ملک سے ترقی یافتہ ملک میں ہجرت کرنے کے باوجود اس کی موت اتنی ہی لاوارث اور بے یارومددگار ہوگی جتنی کے اس کے اپنے ملک میں ہوسکتی تھی۔ برسوں کا یہ سفر اور ترقی کا یہ راستہ کتنا بے معنی تھا۔ جس دنیا کو ٹیکنالوجی نے جوڑ کر ایک گاؤں بنا دیا تھا، اسی دنیا کو ایک ننھے سے جرثومے نے پھر سے بکھری ہوئی دنیا بنا ڈالا تھا۔ دلوں کے فاصلے، جسمانی فاصلوں میں بدل چکے تھے۔

"خدایا!!! تو کیا تیرا قہر اس جرثومے کی صورت ہم پر برس رہا ہے۔ لیکن میں نے تو آج تک کوئی ایسا گناہ نہیں کیا جس کی ایسی سزا مجھے ملے کہ آخری سانسیں اپنے پیاروں سے دور لوں؟"

"خدا کرے تم ایسی موت مرو کہ تم پینے کو پانی مانگو اور کوئی اپنا تمھیں پانی نہ پلا سکے۔ تم نے جس 'زندگی' کی خاطر مجھے ٹھکرایا ہے وہی 'زندگی' تم پر عذاب بن کر ٹوٹے......!" سنسناتی ہوئی یہ آواز یک دم اس کے ماضی کے دریچوں سے نمودار ہوئی اور اس کے کان کے پردوں کو پھاڑتی گئی۔ اس نے بے اختیار کانوں پر ہاتھ رکھ لئے۔

"کیا کانوں میں بھی درد شروع ہو گیا ہے؟" نرس سیفٹی لباس میں منہ پر ماسک پہنے اس کی طرف متوجہ ہوئی۔ وہ اسے کیا بتاتا کہ ایک غریب، بے بس اور معصوم روح کو استعمال کر کے راستہ بدلنے کی سزا خدا نے سنانی ہی سنانی تھی۔

"مجھے میرے بیوی بچوں سے ملوا دو۔ خدا کا واسطہ...... میری آخری خواہش ہے...... انسانیت کی خاطر...... خدا کے واسطے میں صرف دور سے دیکھوں گا۔" اس کے بجائے وہ بولا اور پھوٹ پھوٹ کر بچوں کی طرح رونے لگا۔ نرس کی آنکھوں میں آنسو آ گئے۔ یہ مریض درد کی شدت اور سانس بند ہونے کی تکلیف سے کم چلاّتا تھا، اپنے پیاروں سے ملنے کو زیادہ تڑپتا تھا۔ سب جانتے تھے یہ کسی بھی لمحے مر سکتا ہے۔ اس مریض کے لئے کورنا وائرس کا حملہ جان لیوا ثابت ہو رہا تھا۔ مریض کی کل کمائی اس کے بیوی بچے ہی تھے، اس کی سب محبتیں اپنے

گھروندے کے لیے محدود تھیں۔ وہ محبتوں کی ساری شدتوں کو گھر کی چار دیواری میں قید رکھتا تھا۔ وہ بچوں کو'میری زندگی'اور خود کو سب سے برتر سمجھنے کا فلسفہ گھول گھول کے پلایا کرتا تھا۔ اس نے دن رات محنت کر کے اتنی دولت اکٹھی کر لی تھی کہ دنیا کو رشک اور حسد میں مبتلا کر سکے۔ نئی نئی گاڑیاں، بڑا سا محل نما گھر اور اعلیٰ تعلیم یافتہ بچے، ہر سال دنیا کے کسی بھی ملک کا ایک ٹرپ......ایسی زندگی جس کی خواہش میں کروڑوں لوگ مر جائیں۔ وہ ایسی ہی زندگی جی رہا تھا۔ یہ سب کچھ اچانک یورپ کے ٹرپ سے واپسی پر ہی ہو گیا تھا۔ اسے پتہ ہی نہ چلا کہ کب وہ کرونا پوزیٹو ہو گیا۔ وہ اس کرونا کے قرنطینہ کو بھی زیادہ سنجیدگی سے نہیں لے رہا تھا۔ اسے کینڈا کے ہیلتھ کے نظام پر مکمل بھروسہ تھا۔ اب بھی مرتے دم تک اسے یقین تھا کہ کم از کم وہ اس کی فیملی کو اس سے ضرور ملا دیں گے۔ اسی انسانیت کی خاطر تو اس نے اپنا ملک چھوڑا تھا، جہاں انسان کو انسان نہیں سمجھا جاتا تھا۔ آخر کار ڈاکٹروں نرسوں نے اس کی ضد کے آگے ہتھیار ڈال دیئے۔ اس وبائی مرض میں انہوں نے اسے اس کے خاندان سے ملوانے کا وعدہ کر لیا۔ ہسپتال والوں نے دن رات ایک کر کے صفائی ستھرائی کی اور وزیٹرز کی سیفٹی کو مکمل طور پر یقینی بنانے کے بعد اس کے گھر فون کیا گیا۔ مریض کی بیوی نے فون اُٹھایا۔ نرس نے مریض کی آخری خواہش بتائی اور ساتھ میں اس کی تسلی کی خاطر ساتھ میں ہسپتال کے تمام خصوصی انتظامات کے بارے میں بھی آگاہ کیا۔ فون سپیکر پر تھا، بچے بھی سن رہے تھے، سب نے زور سے نفی میں سر ہلایا۔ بچوں کا وہ انکار نرس تک پہنچا دیا۔ یہ سن کر نرس بہت حیران ہوئی اور اس نے ایک بار پھر تمام حفاظتی انتظامات کی یقین دہانی کروائی پر ماں کا انکار اٹل رہا۔

''ماں بن کے نہ کہہ رہی ہیں۔ بیوی بن کر سوچیں، بچے نہ سہی آپ ہی آجائیں۔'' نرس نے اسے سمجھانا چاہا۔

''میری طرف سے بھی انکار ہے۔ جب وہ یورپ کے ٹرپ پر جا رہے تھے تو ہم نے بہت منع کیا تھا۔ شکر ہے مرض کی علامتیں جہاز میں ہی شروع ہو گئیں اور وہ سیدھے ہسپتال چلے گئے ورنہ ان کے فیصلے کی سزا ہم سب بھگتتے۔ ہم ان کے لئے یہیں سے دعا کر دیں گے۔''

نرس کی آنکھیں ہی نہیں دل بھی بھر آیا۔ اس نے فون رکھنے سے پہلے دل میں دعا کی ''اے اللہ! جب میں اس مریض کے کمرے میں جاؤں تو اس کی کی منتظر آنکھیں، جو کل سے 'خصوصی اجازت نامہ' ملنے کے بعد چمک رہی تھیں، بند ہو چکی ہوں۔'' اس کے اندر مریض کو 'موت سے زیادہ مردہ' خبر سنانے کی ہمت نہیں تھی!!!

● نشاط پروین

واپسی

نہ جانے وہ رات کا کون سا پہر تھا کہ ہر طرف سے چیخ و پکار کی آوازیں آنے لگیں۔اس کی آنکھ کھل گئی مگر وہ یہ سمجھنے سے قاصر تھا کہ یہ شور کیسا ہے۔پھر اس کے کانوں میں یہ آواز آئی کہ باندھ ٹوٹ گیا ہے۔وہ تیزی کے ساتھ اُٹھ کھڑا ہوا۔اس کی بیوی اور بچے بھی بیدار ہو گئے تھے اور اب وہ سب مل کر چیخ چلا رہے تھے۔وہ دوڑتے ہوئے اپنے کھیتوں پر پہنچا۔وہاں ہر طرف پانی ہی پانی نظر آ رہا تھا۔ساری فصل ڈوب کر برباد ہو گئی تھی۔وہ سر پکڑ کر بیٹھ گیا اور اپنی بے بسی، بے کسی اور لاچاری پر آنسو بہانے لگا۔اب کیا ہوگا؟ گزر بسر کیسے ہوگی؟ بینک سے قرضہ لے کر بیج اور کھاد خریدا تھا۔فصل لہلہانے لگی تھی تو اسے امید بندھی تھی کہ بینک کا قرضہ چکانے کے بعد بھی اتنی رقم بچ جائے گی کہ سارا سال آرام سے گزرے گا۔مگر اس کی ساری اُمیدوں پر پانی پھِر گیا تھا۔گاؤں میں زیادہ تر لوگ غریب ہی تھے لہذا کہیں سے کوئی قرض یا مدد ملنے کی بھی امید نہیں تھی۔بڑی مشکل گھڑی تھی۔اس کی بیوی بھی مسلسل روئے جا رہی تھی۔بچے الگ پریشان تھے۔خیر کسی طرح رات کٹی اور صبح کا اجالا پھیلا۔ہر طرف تباہی و بربادی کا منظر تھا۔کھیت تو ڈوبے ہی تھے کئی گھروں میں بھی پانی گھس آیا تھا۔ایسے وقت میں سبھی ایک دوسرے کی مدد کرنے میں لگے ہوئے تھے۔کچھ سرکاری مدد بھی آئی۔پھر دھیرے دھیرے حالات معمول پر آنے لگے۔لوگ اپنے روزمرّہ کے کاموں میں لگ گئے۔اس نے بھی چاہا کہ پھر سے زندگی کو واپس پٹری پر لایا جائے لیکن اب کھیتی باڑی سے اس کا دل اُچاٹ ہو چکا تھا۔بہت سوچ وچار کے بعد اسے ایک راستہ سوجھا، کیوں نہ شہر جا کر محنت مزدوری کی جائے۔اس کے گاؤں کے بہت سارے لوگ پہلے ہی سے بڑے بڑے شہروں میں کام کیا کرتے تھے اور اچھے پیسے کماتے تھے۔اس نے اپنی بیوی سے مشورہ کیا اور پھر ایک روز وہ اللہ کا نام لے کر شہر کے لئے روانہ ہو گیا۔کہا گیا ہے کہ سفر وسیلۂ ظفر ہے۔چنانچہ شہر پہنچ کر وہ کام کی تلاش میں لگ گیا اور بہت جلد اسے کام بھی مل گیا۔آمدنی بھی اچھی ہونے لگی تھی۔اپنا خرچ پورا کرنے کے بعد وہ باقی رقم گھر بھیج دیا کرتا تھا۔شہر میں کام کرتے کرتے اسے خیال آتا کہ کھیتی کرنا بھی کتنا مشکل کام ہے۔سال بھر جی توڑ محنت کرنے کے بعد بھی پریشانی لگی رہتی تھی۔کھیت میں بوائی کرنے کے بعد اس کی دیکھ بھال کرنا، رات رات بھر پہرا دینا، جانوروں اور دبنگوں

سے کھیت کی حفاظت کرنا۔اس پر سے کبھی سیلاب، کبھی سکھاڑ اور کبھی کوئی اور وجہ۔ وہ سوچتا کہ اچھا ہی ہوا کہ وہ شہر آ گیا اور کام دھندے سے لگ گیا۔ دن بھر محنت کر واور شام کو مزدوری لے جاؤ۔ نہ کوئی فکر نہ کوئی غم۔

مزدوری کرتے کرتے اسے کام کا کافی تجربہ ہو گیا تھا۔ایک دن اس کی ملاقات کسی فیکٹری کے مالک سے ہو گئی اور پھر اسے فیکٹری میں ملازمت مل گئی۔اب اسے کام کم کرنا پڑتا تھا اور ماہانہ تنخواہ ملنے لگی تھی جبکہ مزدوری میں یہ ہوتا تھا کہ کبھی کام ملا اور کبھی کام نہیں ملا۔

وہ ہر ماہ ایک بار اپنے گھر کا چکر لگاتا۔اس کے گھر کی حالت سدھر رہی تھی۔ بیوی بچوں کی صحت بھی اچھی رہنے لگی تھی۔ بچے گاؤں کے اسکول میں تعلیم حاصل کر رہے تھے۔گاؤں والے بھی اس کی تعریف کرتے اور کہتے کہ اس نے بہت اچھا فیصلہ کیا کہ شہر چلا گیا ورنہ گاؤں میں رکھا ہی کیا ہے؟

وقت گزرتا گیا۔اس کی بیوی بھی سگھڑ اور ہوشیار تھی۔اس نے پیسے بچا بچا کر اپنے کچے اور ٹوٹے پھوٹے مکان کو دھیرے دھیرے پختہ کرانا شروع کر دیا۔لیکن وہ کچھ اور ہی سوچ رہا تھا۔زندگی راستے پر آئی تو اس نے نئے نئے خواب بھی دیکھنے شروع کر دئے۔اب تک وہ کرائے کی ایک جھونپڑی میں تنہا رہتا آیا تھا لیکن جلد ہی وہ دو کمروں کا ایک چھوٹا سا مکان لے کر اپنے گھر والوں کو شہر لانا چاہتا تھا تاکہ وہ سب ایک ساتھ رہیں اور اس کے بچے شہر کے اسکول میں پڑھ سکیں۔

ابھی وہ مستقبل کے تانے بانے بُن ہی رہا تھا کہ اسے معلوم ہوا کہ چین میں کوئی نئی وبا آئی ہے جس سے لوگ دھڑا دھڑ مر رہے ہیں۔اور پھر سننے میں آیا کہ اب دوسرے ممالک بھی اس کی چپیٹ میں آتے جا رہے ہیں۔لیکن اپنے ملک میں ایسی کوئی خبر نہیں تھی اور سب کچھ حسب معمول چل رہا تھا۔لیکن یہ اطمینان زیادہ دنوں تک قائم نہ رہ سکا۔یہاں بھی اس خطرناک وائرس نے دستک دی اور فضاء میں ایک انجانا سا خوف پھیل گیا۔ ہر شخص سہما سہما سا دکھائی دینے لگا۔اس کے دل میں طرح طرح کے اندیشے جنم لینے لگے۔اس نے اپنے آس پاس نظریں دوڑائیں۔سب کچھ حسب معمول تھا۔زندگی رواں دواں تھی اور سارے کام اپنے مقررہ وقت پر انجام پا رہے تھے۔پھر ایک دن اس نے سنا کہ پردھان منتری آج رات آٹھ بجے قوم کے نام کوئی پیغام نشر کرنے والے ہیں۔اور پھر جب رات آٹھ بجے یہ اعلان ہوا کہ ملک بھر میں اکیس دنوں کے لیے لاک ڈاؤن کر دیا گیا ہے۔آنے جانے والی سبھی سواریوں کو روک دیا گیا ہے اور یہ حکم نافذ ہوا ہے کہ جو جہاں ہے وہیں رہے گا تو سبھوں کے اوسان خطا ہو گئے۔ادھر سارے کام دھندے بند ہو گئے۔ فیکٹریوں میں تالے لگ گئے۔مشینوں کی آوازیں بند ہو گئیں اور مزدور لوگ اپنے اپنے گھروں کی جانب پیدل ہی روانہ ہو گئے۔اس نے بھی اپنا مختصر سا سامان اُٹھایا اور پیدل چلنے والوں کے قافلے میں شامل ہو گیا۔اسے نہیں معلوم تھا کہ اس کا گھر یہاں سے کتنے میل کے فاصلے پر ہے اور وہاں تک پہنچنے میں اسے کتنے دن لگیں گے۔مگر ابھی یہ

سب سوچنے کا وقت نہیں تھا۔ وہ تو بس ایک بھیڑ کا حصہ تھا۔ اس سفر میں ان بے یارو مدد گار لوگوں کو طرح طرح کی پریشانیوں کا سامنا کرنا پڑا۔ بھوکے پیاسے پیدل چلنے والوں کو پولس والوں نے کہیں ڈنڈے مارے تو کہیں مرغا بنایا اور کہیں جانوروں کی طرح گھٹنوں کے بل چلنے پر مجبور کیا گیا۔ راستے میں بھوک پیاس اور تھکن سے نڈھال ہو کر لقمۂ اجل بھی بن گئے۔ مگر جو سخت جان تھے وہ چلتے رہے۔ وہ بھی کسی طرح تین دن اور تین رات کی مسافت کے بعد اپنے گاؤں پہنچا۔ گھر جانے سے پہلے راستے میں اسے اپنے کھیت ملے جو ویران پڑے تھے۔ انہیں دیکھ کر اس کی آنکھوں سے آنسو بہہ نکلے اور وہ وہیں زمین پر بیٹھ گیا اور پھر اپنے کھیت کی ایک مٹھی مٹّی کو ہاتھوں سے اُٹھا کر اپنی آنکھوں سے لگایا اور روتے ہوئے بولا۔

''اب میں تمہیں چھوڑ کر کبھی نہیں جاؤں گا۔ کبھی نہیں۔''

● فرحین خالد

شکستہ خواب

زندگی اگر بے کیف ہوتو اس میں آنے والا کوئی بھی بدلاؤ، معنی نہیں رکھتا ہے اور نہ ہی مزاج میں ارتعاش پیدا کرتا ہے۔ ایسے میں انسان روبوٹ بنا اپنے ریموٹ کے دبائے بٹنوں کی لہر میں چھپے احکامات نبھاتا جاتا ہے جبکہ اس کی اپنی کوئی چوائس نہیں ہوتی۔ نئے گھر میں آئے ہوئے مجھے ایک مہینہ ہوگیا تھا پھر بھی دل نہیں لگ رہا تھا۔ حالانکہ شہاب نے یہ گھر اپنی پسند کا سہی میرے نام پہ لیا تھا، اپنا من پسند فرنیچر میرے ساتھ جاکے آرڈر کیا تھا، اسی طرح گھر کی کلر اسکیم خود ہی پسند کرکے میری حامی بھی لے لی تھی۔ اس نے کہا تھا کہ یہ سب وہ میرے لیے کر رہا ہے کیونکہ میں اس کی پہلی محبت تھی مگر...... میں خوش نہیں تھی۔

مجھے اپنی زندگی پر کوئی اختیار نہیں تھا۔ مجھے بس جینے کو کہا گیا تھا اور وہ بھی بغیر چوں و چرا کیے۔ ہار تو میں نے اسی دن مان لی تھی جب ماں جی نے ابا کے کہنے پہ مجھ سے پندرہ سال بڑی عمر کے شخص سے میرا ناطہ جوڑ دیا تھا۔ ان کے خیال میں مستحکم مستقبل کے لیے شوہر کا مالی اعتبار سے مضبوط ہونا ضروری تھا۔ اماں کہتی تھیں، حال کو بھلا کون جیتا ہے؟ سب گزرے ہوئے کل کو یاد کرکے آنے والے کل کی فکر میں جیتے ہیں۔ سو میرے حال کو بھی تلف کر کے شاندار مستقبل کے حوالے کر دیا گیا۔ کاش کہ میرے والدین نصیب بھی لکھ سکتے جس میں بے حساب خوشیاں میری منتظر ہوتیں جنھیں پا کے میں اپنا حال بھول جاتی۔ لیکن اگر ایسا ہوسکتا تو ہم خدا کو کیونکر مانتے؟؟

مجھے لگتا ہے کہ میں اپنے کتبے پہ ۱۵ کا ہندسہ کندہ کرواؤں گی۔ یہ عدد میری زندگی پہ ایسے ہی راست چسپاں ہوتا ہے جیسے ہاتھوں میں دستانہ۔ میں نے پندرہ بار نئی زندگی کی جھلک دیکھی تھی اور وہ ہر بار ایک گام آ کر منہ موڑ گئی تھی اور یوں میں ماں بننے کی سعادت سے محروم رہ گئی۔ شروع کے پانچ سال تو شہاب ہی فیملی بڑھانے کے حق میں نہ تھے کیونکہ ان کی بیڈ روم لائف متاثر ہوتی تھی پھر سمندر پار ہجرتوں کے بھنور نے انہیں لپیٹے رکھا اور اس دوران کتنے ہی معصوموں کو ہم اپنی غلطیوں کی بھینٹ چڑھاتے رہے تا آنکہ قسمت نے ہم سے ہی منہ موڑ لیا اور میں بانجھ ٹھہرائی گئی۔ میری الماری میں ایک سیف ہے جس کا کوڈ نمبر پندرہ ہے۔ آج الماری ٹھیک کرتے ہوئے میرے ہاتھ اس کی طرف غیر ارادی طور پہ بڑھ گئے۔ میں نے

آہستگی سے کھولا اور اس کے اندر رکھے اپنے قیمتی اثاثوں کو ٹٹولا...... کچھ کو باہر بھی نکالا۔ وہ نرم وملائم، نیلے اور گلابی رنگ کے ننھے منے بچوں کے کپڑے تھے جو میں نے ہر زچگی میں شوق سے خریدے تھے۔ یہ میرے شکستہ خواب تھے جن کی تعبیر کو میں نے شدت سے چاہا تھا اور جن کی محرومی نے میرے اندر وہ خلا پیدا کر دیا تھا جو دنیا کی کوئی نعمت پوری نہیں کر سکتی تھی۔ میرے اندر درد کا ایک فشار تھا جو جاری رہتا اور جب کبھی تھمتا تو ٹیسیں ہوک کی صورت میں اُٹھا کرتیں تھیں جن کو میں کھانس کر رفع کیا کرتی تھی۔۔

''پتہ ہے...... ہر جوڑے کا ایک نام بھی رکھ رکھا ہے میں نے......''

اس وقت میری انگلی تھامے صوفیہ کی آستین تھی...... تین مہینے کی رہ کے مجھ سے بچھڑ گئی تھی۔ آج ہوتی تو پورے سات سال کی ہوتی۔ یہ خیال آتے ہی میں نے اس قمیص کو آنکھوں سے لگا لیا تا کے اس کے لمس کو محسوس کر سکوں، اسکی بھینی بھینی خوشبو کو سونگھ سکوں۔ مگر دروازے کی گھنٹی نے مجھے چونکا دیا۔ میں نے جلدی سے ان آرزوؤں کو لپیٹ کے رکھ دیا کیونکہ میں نہیں چاہتی تھی کہ شہاب کو ان کے بارے میں علم ہو۔ اس کے خیال میں تو سب کچھ اچھا تھا۔ اس نے آسمان کے چاند تارے میرے قدموں میں لا کے رکھ تھے اور سمجھ رہا تھا کہ میرے لیے وہ کافی ہوں گے۔

گھنٹی بجے جا رہی تھی اس لیے میں نے جلدی سے باہر کا دروازہ کھولا تو سامنے کوریئر والا کھڑا تھا۔ اس نے ڈبہ دیا تو میں نے سائن کر کے بے دلی سے لے لیا۔ سوچا کہ شہاب نے پھر مجھے بہلانے کے لیے کچھ منگا لیا ہوگا۔ میں نے ڈبے کو وہیں کاؤنٹر پہ رکھا، ڈپریشن کی دوا لی اور بستر میں جا کے ڈھ سی گئی۔

میری آنکھ کھلی تو جو پہلی چیز محسوس ہوئی وہ کچن سے آنے والی اٹالین کھانے کی خوشبو تھی۔ پتہ نہیں کیوں شہاب کرتا ہے یہ سب؟ کھانا تو میں نے پکایا ہوا تھا۔ مگر شہاب پھر بھی نئی سے نئی ترکیبیں ڈھونڈتا ہے...... خواہ مخواہ! مجھے تو ہر کھانے کا مزہ ایک سا ہی محسوس ہوتا ہے...... پھیکا...... بے ذائقہ...... گھڑی پہ نظر پڑی تو پتہ چلا کہ مجھے سوتے ہوئے پانچ گھنٹے گزر گئے تھے۔ میں نے انگڑائی لی اور سست قدموں کے ساتھ کچن کا رخ کیا۔ مگر دروازے میں ہی مجھے شہاب نے روک لیا اور آنکھیں بند کرنے کو کہا میں نے منع بھی کیا مگر وہ خود میری آنکھوں کو بند کر کے مجھے کندھوں سے تھامے ڈائننگ روم میں لے گیا۔ آنکھیں کھولیں تو دیکھا کہ وہاں کا منظر ہی نرالا تھا۔ پورا کمرہ کانچ کی قندیلوں سے روشن تھا۔ میز پہ رکھے جا بجا دیے جل رہے تھے جو رنگ برنگی سیپی نما پیالیوں میں خوبصورتی سے سجائے گئے تھے اور عین ان کے درمیان ایک سفید گلابوں کا گلدستہ کچھ اسطرح سجا تھا کہ اس کی بیلیں گلدان کے اطراف میں بھی جھول رہی تھیں۔ میں یہ سجاوٹ دیکھ کے مسکرا دی۔ شہاب کی طرف دیکھ کے پوچھا۔

''آج کوئی خاص بات ہے جو میں بھول رہی ہوں؟'' وہ بھی جواباً مسکرایا اور بولا۔

"ہے نا خاص بات!" اس نے شیفتگی سے میری نظروں میں جھانکتے ہوئے کہا۔

" آج ہی کے دن میں نے یہ طے کیا تھا کہ میں صرف اور صرف تم سے شادی کروں گا!"

میں نے حیرانی سے اس کی طرف دیکھا اور کہا۔

"تمہیں اتنی پرانی باتیں کیسے یاد رہتی ہیں؟" وہ ہنس پڑا۔ کہنے لگا۔

"میری یادداشت میں ایک چھلنی نصب ہے جس میں صرف خوشی دینے والی باتیں باقی رہ جاتی ہیں اور ساری باتیں آپ ہی آپ زائل ہو جاتی ہیں۔"

وہ بولتا جا رہا تھا اور کھانا پیش کرتا جا رہا تھا اور میں سوچ رہی تھی کہ پتا نہیں کون سی مٹی کا بنا ہوا ہے۔ اس پہ کسی بات کا اثر کیوں نہیں ہوتا۔ کھانے کے بعد ہم دونوں ٹیرس پہ رکھے جھولے پہ جا بیٹھے تھے۔ اس نے انڈونیشیا سے منگائی خاص سگریٹ جلا کے مجھے پیش کی تو میں نے کش لگا کر اپنے اندر جمے دھوئیں کو راہ دی۔ یہ اسی کا شوق تھا۔ کہتا تھا کہ اس کو سگریٹ پینے والی عورتیں بہت پُرکشش اور پراعتماد لگتی ہیں۔ اس لیے میں بھی پینے لگی تھی۔ سوچتی تھی شاید اسی طرح میری قوت ارادی بڑھ جائے مگر اسکا موقع ہی نہیں آتا تھا۔ شہاب خود ہی سب فیصلے کرلیا کرتا تھا۔

" رابی!......رابی!!" اس نے میرا نام لے کے دوبارہ پکارا تو میں چونکی۔ وہ مجھے بتا رہا تھا کہ وہ ایک ہفتے کے لیے ترکی جا رہا ہے اور کوشش کرے گا کہ جلدی واپس آجائے۔ وہ بول رہا تھا اور میری آنکھیں اپنے مقابل پہاڑوں کی چوٹیوں کو تک رہی تھیں۔ کبھی میرا بھی شوق ہوا کرتا تھا کوہ پیمائی کا...... کیسے کیسے ناقابل یقین خواب دیکھ لیتا ہے انسان! یہ سوچتے ہوئے مجھے اپنی حماقت پہ ہنسی آگئی غالباً شہاب نے بھی کوئی چٹکلا کہا ہوگا۔ مجھے ہنستا دیکھ کے وہ سمجھا کہ اسی کی بات پہ ہنسی ہوں۔ کہنے لگا۔

"چھوٹی سی گڑیا لگتی ہو تم ہنستے ہوئے۔" میری ہنسی اسی وقت گلے میں پھنس گئی تھی۔ مجھے اچھو سا لگ گیا۔ شہاب اندر جا کے پانی لایا جو مجھ سے پیا نہیں گیا۔ مجھ سے سانس نہیں لی جا رہی تھی اور شہاب پریشانی میں کبھی مجھے کمر پہ تھپکتا تو کبھی اوپر دیکھنے کو کہتا۔ بالآخر کچھ دیر بعد میری حالت غیر ہو کے آہستہ آہستہ سنبھل رہی تھی۔ شہاب نے مجھے کندھے سے سہارا دے کر اٹھایا اور کہا۔

"اندر چلو منیا! تو میں بھڑ گئی۔ میں نے اس کا ہاتھ جھٹک کے کہا۔

"میں منیا نہیں ہوں۔ میں چالیس سال کی ادھیڑ عمر عورت ہوں جس کی گود آج تک ہری نہیں ہوئی اور اب ہو بھی نہیں سکتی، مگر تم کو اس سے کیا فرق پڑتا ہے؟ تم سارا دن اپنے کام میں مصروف رہتے ہو اور گھر آکر مجھے کسی پالتو جانور کی طرح پچکار کر اپنی بچوں کی محرومی پوری کر لیتے ہو مگر کبھی یہ سوچا ہے کہ میں کس کرب سے گزر رہی ہوں؟"

وہ ششدر رہوا، حیران آنکھوں سے میری جانب تک رہا تھا کیونکہ میں نے کبھی ایسے لہجے میں بات نہیں کی تھی مگر شاید میں بھی اپنی برداشت کی آخری حدوں کو پہنچ گئی تھی لہٰذا بولتی چلی گئی۔

''میری زندگی ایک دائرے کا سفر ہے جس میں پچھتاوا، رنج، ناامیدی اور بے سکونی کے علاوہ اور کچھ بھی نہیں ہے۔ دم گھٹتا ہے میرا اس تنہائی میں...... تھک گئی ہوں اپنی آرزوؤں کا لاشہ ڈھوتے ڈھوتے۔''

اس نے کچھ کہنے کے لیے منہ کھولا ہی تھا کہ میں نے اس کو اپنا فیصلہ سنا دیا

''مجھے ایک بچہ گود لینا ہے......بس......'' اور میں اسے اکیلا چھوڑ کر اندر چلی گئی تھی۔

صبح اٹھی تو اپنی سائیڈ ٹیبل پہ رکھا پیغام دیکھا۔ اٹھا کے پڑھا تو لکھا تھا،'' واپس آ کے بات کریں گے۔'' میں نے وہ پرچہ برابر رکھی ویسٹ باسکٹ میں لڑھکا دیا اور چھت کو تکنے لگی۔

پانچ روز بعد جب شہاب آیا تو وہ تھکا ہوا لگ رہا تھا۔ میں نے اس سے معمول کے مطابق بات کی مگر ہمارے درمیان کی گئی آخری بحث کی کشیدگی موجود تھی۔ رات کھانے کے بعد ہم ٹیرس پہ بیٹھے کیوبن سگار پی رہے تھے تو شہاب نے بات شروع کی۔

'' رابی! میں نے اس ٹرپ کے دوران بہت سوچا اور اس نتیجے پہ پہنچا ہوں کہ میں غلط تھا......اور تم درست تھیں۔ ہمیں واقعی ایک بچہ گود لے لینا چاہیے۔''

میں اسے دیکھ کر مسکرائی اور اپنی نحیف آواز میں کہا۔'' اچھا؟'' وہ اٹھ کے میرے برابر میں آ کے بیٹھ گیا تھا اور ہاتھ تھام کے بولا۔

''میں نے فیصلہ کر لیا ہے کہ ہم کل ہی حدیقہ اطفال چلیں گے اور ایک لڑکا گود لے لیں گے۔''

فرط جذبات سے میری آنکھوں میں آنسو جھلملا گئے تھے۔ شہاب کے اندر بات کرتے ہوئے ایک خوشی بھی تھی اور ولولہ بھی تھا کہنے لگا۔

''اور میں نے تو اس کا نام بھی سوچ لیا ہے۔ اس موقع پہ میں نے اس کے ہونٹوں پہ انگلی رکھ کے اسے خاموش کر دیا۔ مجھے شہاب کے مزاج میں یکسر اتنے بڑے تغیر کی توقع نہیں تھی۔ میں نے اسے اپنے ساتھ چلنے کا اشارہ کیا تو وہ راضی خوشی میرے پیچھے ہو لیا۔ میں اسے ایک کمرے میں لے گئی جو ہمارے کمرے کے برابر میں تھا۔ اس کا دروازہ کھول کے اس کو اندر جانے کو کہا تو اس نے بھی حیرانی سے اندر جھانکا، اور پھر غیر یقینی سے میری جانب دیکھا۔ میں نے نظروں سے اس کو قریب جانے کو کہا، سامنے پالنے میں ایک شیر خوار بچہ لیٹا ہاتھ پاؤں چلا رہا تھا۔ میں نے اسے بتایا کہ تمھارے جانے کے اگلے دن ہی میں اسے لے آئی تھی۔ انہوں نے جب مجھے بچے دکھائے تو مجھے سب سے پیاری یہ لگی'' شہاب کا گلا کچھ سوکھ رہا تھا۔ اس نے کھنکھارتے ہوئے کہا۔

''لڑکی ہے؟''میں نے فخر سے کہا۔

''ہاں۔''اس نے دھیمے سے کہا۔

''اچھا......اب نیانام سوچناہوگا۔''میں نے بچی کو گود میں اٹھایااور شہاب کی بانہوں میں دیتے ہوئے کہا۔

''میں نے اپنی بیٹی کا نام صوفیہ شہاب درج کرا دیا ہے۔''شہاب نے اس روئی کے گالے کو تھاما تو مسکرائے بغیر نہ رہ سکااور ایسا محو ہوااس کو کھلانے میں کہ بھول ہی گیا کہ کمرے میں کوئی اور بھی ہے۔

اس وقت مجھے یہ محسوس ہوا کہ جس پہاڑ کے دامن میں، میں برسوں سے کھڑی تھی آج آخرکار اسے سر کرآئی ہوں۔

● صوفیہ کاشف

زرد خواب

مجھے ایک شام تلاشنی تھی۔ایک شام جو میں کبھی کھل کر جی نہ سکی تھی،ایسی شام جو میری دوشیزہ نگاہوں سے بنا چھوئے،بنا جیے گزر گئی تھی۔میں صدیوں کی مسافتیں طے کرتی کتنی دور سے آئی تھی مگر وہ شام جو بہت پیچھے سے مجھے اکثر شدت سے صدا دیتی تھی۔سرسبز گھاس سے بھرے میدان بدلتے موسم کے سبب دور دور تک پیلے پتوں سے بھر رہے تھے۔خاکروب روز صبح سرخ اینٹوں پر جھاڑو پھیر کر صاف کرتے ،شام تک تمام روشیں خشک مرجھائے اور اداس پتوں سے پھر سے بھر جاتیں۔سورج کی چندھیا دینے والی دھوپ ٹھنڈی پڑ چکی تھی،جگہیں اور مقام روشن نہیں دھندلے سے دکھتے۔سردی لباس میں گھس کر چٹکیاں کاٹنے لگی تھی،نرم گرم شالیں لپیٹنے کا موسم تھا۔میں سرِ شام اپنے آفس سے نکلتی،خزاں سے اٹا دن برہنہ سر الوداعی بوسے کے لیے میرا منتظر کھڑا ملتا۔زردی ٹوٹ کر درختوں پر اتر رہی تھی،ہوائیں پورب سے پچھّم تک وجد میں رہتیں،مستی میں سر دھنتیں،رقص کرتیں،ناچتیں،میرے قدموں سے لپٹ لپٹ جاتیں۔شام کا سرخی مائل دھندلکا سہ پہر سے ہی زمین سے لپٹنے لگتا۔میں دفتر سے ہاتھ میں کچھ قلم اور کتابیں لیے باہر قدم دھرتی تو پتے میرے قدموں کے نیچے چرمرانے لگتے۔دم مرگ آہیں کراہتیں،دہائی دیتیں۔

''مجھے کچھ لمحوں کی زندگی اور بخش دو۔'' اور میں انکے نوحے سنتی کبھی ان کے کنارے رک جاتی،ہاتھ میں اٹھاتی،سہلاتی،گال سے لگاتی۔کھلے دھنک رنگ مسکراتے پھولوں کو بہاروں اور خوشبوؤں کو سونپ کر میں جاسکتی تھی،مگر تھکی ہاری جوانیاں،شکستہ حالی،دم مرگ نفوس مجھے جکڑ لیتے تھے۔محرومیاں میرے قدموں کو زنجیر کر دیتیں۔میں خزاؤں کو ٹھکرا کر کبھی نکل نہ سکی تھی۔سو اکثر سوکھے پتوں کے کنارے ٹھہر کر میں شام غریباں کے کچھ مرثیے ضرور سنتی۔بنا بولے بنا آواز پیدا کیے میں کچھ سسکیاں بھر لیتی۔درد کا سینے سے دل اور دل سے روح تک کا ایک سُوٹا لے لیتی۔میری لال اونی چادر سوکھی گھاس میں پھنس جاتی،میرے بال ہوا کی اٹھکیلوں سے الجھ الجھ جاتے۔ایسی ہی اک شام میں کاغذوں اور قلموں کو سینے سے لگائے سرد ہوا کی سرگوشیاں سنتے،شام کا حزن پیتے جب برآمدے کی سیڑھیوں سے اتری تو وہ یہیں املتاس کے پیلے درختوں کے جھنڈ کے قریب بہتی ٹھنڈی ندی کے پاس کھڑا میری راہ تکتا تھا۔میرے اندر سے ایک سسکی سی گونجی۔

''کیا اسے آج ہی ملنا تھا؟ جب زندگی خزاؤں کے صفحات پر اپنی نشانی ثبت کر چکی تو وہ بہار کا سندیس لے کر کیوں میری راہ گزر میں آیا تھا؟''

''ایک بار تو مجھے آنا ہی تھا...... رستوں کی دھند اور جاڑا جانے شکستہ حال ہڈیوں میں کتنی برف اتار دے۔ زادراہ کے لیے تھوڑی سی حدت......'' اس کی نگاہیں فریاد کناں تھیں۔

''مجھے اور خواب مت دینا۔ میرا قبرستان کم پڑ چکا ہے۔'' آہیں بھرتی ایک فریاد اپنے وزن سے میرا سر جھکا رہی تھی۔

''میں تو خود سپنوں کی بھیک مانگنے آیا ہوں۔ خدا کے لئے مجھے روشنی کی کوئی رمق لوٹا دو۔'' ہم سوکھتے درختوں، لال، پیلے اور خاکی پتوں سے بھری شاہراہ کی ایک پگڈنڈی پر ساتھ بیٹھے تھے۔

''تم کہتے تھے تمھاری زندگی بھرپور ہے؟'' میری آنکھیں سوال در سوال اس کو ٹٹولتی تھیں اور اس کا چہرہ زمانوں کی قسمیں کھا رہا تھا کہ وہ کس قدر ٹوٹ کر کرچی کرچی ہو چکا ہے۔

قریب سے کسی فاختہ نے الوداعی گیت چھیڑا تھا۔ دور کہیں درختوں پر چڑیاں گئے دن کے بین میں مگن تھیں۔ شام ڈھل رہی تھی۔ سردی اتر رہی تھی۔ آسمان کے گھیرے میں زردی مکمل گھل چکی تھی۔ تھکے ہوئے مسافر گھروں کو لوٹ رہے تھے۔ زمین کے مشرقی کنارے سے ایک پورا چاند درختوں کے پتے سرکاتا حیرانی سے جھانکنے لگا تھا۔ بیتاب چاندنی سے نظر چراتے ندی کے کنارے ہم سر جھکائے بیٹھے تھے۔ میں جانتی تھی دونوں ہی تھک چکے تھے۔ شال لپیٹتے کاغذات سنبھالتے میں اس کے قریب سے اٹھی اور دور دکھائی دیتے باہر جانے کے رستے پر چلی۔ ہر وہ قدم بھاری تھا جو اس کی صدا کو کچل رہا تھا۔ میں وہ صدائیں سن سکتی تھیں جو کبھی ہونٹوں سے جدا ہی نہ ہو سکیں ہوں۔ میں ان کہی التجاؤں کو کچل سکتی تھی، کچل رہی تھی۔ گیٹ کی طرف نظر ٹکائے قدم بڑھاتے اس کی نگاہیں طلب بن کر مجھے کھینچ رہی تھیں۔ میرے کان ایک لفظ، محض چند حرفوں کو ترس رہے تھے اس کے باوجود کہ جانتی تھی کہ رک نہیں سکوں گی۔ میرے قدم شل ہو چکے تھے۔ خزاں میری رگ رگ میں اتر چکی تھی۔ اس کی آنکھوں کے دیوں کے سوا اب اور کہیں بھی روشنی نہ تھی۔ مجھے خبر تھی وہ بھی میری نہ تھی۔

گیٹ تک پہنچ کر باہر نکلتے نکلتے میں نے ایک بار مڑ کر اس پگڈنڈی کی طرف دیکھا تھا جس پر زرد خواب کو میں بنا جیئے بنا چھوئے چھوڑ آئی تھی۔ وہ میری سمت ہی دیکھتا تھا، بن بولے صدا دیتا، بن کہے پکارتا تھا۔ ہزار شامیں ڈھل چکیں، ہزار صدیاں بیت گئیں۔ میں آج بھی اسی دہلیز پر کھڑی بن جیئے خواب کو تک رہی ہوں۔ وہ زرد شام میں لپٹا، خزاں رسیدہ پتوں میں گمشدہ سپنا آج بھی میری شال کی حدت کو ترس رہا ہے۔

◀◀ ● ▶▶

● صبیحہ تزئین

گڑیا میلی ہو جائے گی

گڑیا میلی ہو جائے گی

یہ شہر، یہ وسیع و عریض بے کنار شہر جس کی ہلچل میں ہم جیسے تیز گام بھی رفتار کھو بیٹھتے ہیں۔ اس کے شور میں اپنی آواز بھی بے صدا ہو جاتی ہے اور چمک دمک آنکھوں کو ایسا خیرہ کرتی ہے کہ اپنا وجود بھی دھندلا نظر آتا ہے۔ اس کی مصروف زندگی ایک لمحے کے لیے بھی نہیں رکتی۔ یہاں بڑے سے بڑا حادثہ ہو جائے، لوگ گردن گھما کر ایک بار دیکھتے ہیں اور دوسرے لمحے اپنے اپنے کام میں مگن ہو جاتے ہیں۔ یہ نا تمام مہیب سڑکیں جس کو نہ جانے اب تک کتنے ہی معصوموں اور بے گناہوں کے سرخ لہو نے دھویا ہے، لیکن یہ آج بھی اسی طرح کالی اور میلی ہیں۔ آسمان سے باتیں کرتی ہوئی یہ بلند عمارتیں کتنے ہی لوگوں کو بے گھر اور بے نشان کر کے اپنی سر بلندی پر نازاں کھڑی ہیں۔

رات کے پچھلے پہر میں اپنی نیند اور خواب کی وادی سے دور، اپنے پندرہ منزلہ فلور کے ڈی لکس فلیٹ کی بالکنی سے اس شہر کا نظارہ کر رہی ہوں، زندگی کی رونق سے بھرپور یہ شہر رات کے اس پہر کتنا بے بس اور لاچار لگ رہا ہے۔ یہ سڑکیں جن کو دن میں کراس کرنا ایک جوکھم بھرا کام ہے، اس وقت کیسے کسی چاپ کی منتظر لگ رہی ہیں۔ اندھیرے میں کھڑی یہ عمارتیں بھیڑیوں کی وہ ٹولی لگ رہی ہے جو اپنی مدھم اور بجھی بجھی آنکھوں سے اپنے شکار پر نشانہ سادھ رہی ہوں۔

دیکھتے ہی دیکھتے ابھی کچھ دیر میں صبح ہو جائے گی۔ سورج کی پہلی کرن کے ساتھ ہی شہر کی سانسیں چلنے لگیں گی، وہی شور و ہنگامے شروع ہو جائیں گے اور یہ ویران و سنسان شہر ایک بار پھر انسانی اور مشینی جنگل میں بدل جائے گا۔

میں اپنی بالکنی میں کھڑی کھڑی تھک گئی ہوں۔ اکثر رات کے اس پہر میں خود کو اس شہر ہی کی طرح ویران محسوس کرتی ہوں۔ ساری ہلچل اور شور شرابے شام ہوتے ہوتے ماند پڑ جاتے ہیں اور خاموش طویل رات کی بانہوں میں تھک کر سو جاتے ہیں۔ صبح سے میری بھی مصروفیت شروع ہو جائے گی۔ مجھے صبح سویرے چائے پینے کی عادت ہے اور یہ بہت پرانی ہے۔ مجھے یاد ہے بچپن میں جب میں چائے پینا چاہتی

تھی تو ممی مجھے چائے کے مضر اثرات بتاتیں۔ ''نہیں بیٹا مینو، بچے چائے نہیں پیتے۔'' کیوں؟ میں پوچھتی! ''چائے پینے سے بھوک مرجاتی ہے۔'' جواب آتا۔ میں پھر بھی ضد کرتی تو بڑے لاڈ سے کہا جاتا ''چائے پینے سے میری گوری گوری گڑیا کالی ہوجائے گی اور دور دیس سے آنے والا شہزادہ تمہیں پسند نہیں کرے گا۔'' میں ڈر جاتی اور اس اَن دیکھے شہزادے کے خوبصورت نقوش اپنے ذہن میں بنانے لگتی۔ کیا سوچنے لگی مینو؟ آواز پھر آتی۔ ''کچھ نہیں'' میں کہتی اور چائے کو بھول جاتی۔ ابھی میرے ہاتھوں میں ایک بڑا مگ ہے چائے کا، اور یہ روز کا معمول ہے۔ مگر پھر بھی مجھے لگتا ہے کہ شاید کوئی آواز یہ کہتے سنائی دے کہ ''بیٹا نہار منہ چائے پینا اچھا نہیں۔'' کبھی کبھی تو بے ساختہ پیچھے پلٹ کر دیکھتی ہوں کیا واقعی کوئی ہے۔ پر افسوس!......

لوگ کہتے ہیں میں ایک کامیاب زندگی گزار رہی ہوں۔ شہر کے پاش ایریا میں بہترین فلیٹ میں رہتی ہوں۔ گھر میں آرائش و آسائش کے ضروری اور غیر ضروری سامان موجود ہیں۔ لگژری کار ہے جسے میں خود ڈرائیو کرتی ہوں۔ کبھی کبھی یہ گاڑی مجھے اپنی زندگی کی طرح لگتی ہے جسے میں اپنے اشارے پر چلا سکتی ہوں۔ میں ایک کامیاب عورت ہوں اور میں نے اب تک جو چاہا وہ سب پایا ہے، مایوسی اور محرومی کیا ہے یہ میں نہیں جانتی۔ ایسا لوگوں کو لگتا ہے۔

میں اپنے والدین کی اکلوتی اولاد بڑی لاڈلی اور چہیتی اور خوبصورت بھی۔ ان باتوں نے مجھے ضدی اور سرکش بنا دیا۔ مجھے اپنی ضدیں منوانا بھی خوب آتا تھا۔ ''آج مینو نے کھانا نہیں کھایا۔'' ممی کی آواز آئی۔ ''کیوں؟'' یہ پاپا کا سوال تھا۔ ''بس اسے کوئی نیا ویڈیو گیم چاہئے آج کے آج۔''

''ارے......تو اتنی سی چیز کے لیے تم نے بچی کو دن بھر بھوکا کیسے رہنے دیا؟ یہ پاپا کی آواز تھی جس میں فکر، پریشانی اور ممی کے لیے غصہ سبھی کچھ موجود تھا...... اسی طرح کے جملے آئے دن میرے لیے بولے جاتے۔ میں نے کبھی بھی اپنے آس پاس رہنے والوں کے بارے میں نہیں سوچا۔ مجھے لگتا ہے میں سب سے اچھی ہوں، ہر اچھی چیز پر سب سے زیادہ میرا حق ہے۔ میرے ممی، پاپا مجھ سے محبت کرنے کے لیے مجبور ہیں اور میری ہر جا و بے جا خواہش پوری کرنا ان کی ذمہ داری ہے۔

بہت دور کسی مسجد میں ابھی فجر کی اذان ختم ہوئی ہے۔ آسمان پر ہلکی نیلی، اودی روشنی پھیل رہی ہے، ہوا میں خنکی ہے، پرندے گھونسلوں سے نکل رہے ہیں، راستوں پر حرکت شروع ہوگئی ہے۔ اس طرح کا منظر، یہ ہوائیں، فجر کی اذان میرے ماضی میں مجھے یاد نہیں کیونکہ اس وقت تو میں بے خبر میٹھی نیند سوئی ہوتی تھی۔ یہ مناظر، یہ لمحات تو پچھلے کچھ برسوں سے میرے ساتھی ہیں۔

ابھی ذرا دیر میں میرے بیٹے اسکول جائیں گے۔ پھر میں بھی دفتر کے لیے نکل جاؤں گی۔ دفتر میں میری بڑی دھاک ہے، ہر کوئی 'میڈم جی' کہتا ہے۔ میں کسی کو خاطر میں نہیں لاتی۔ کسی سے بات نہیں

کرتی۔ کسی بات سے خوش نہیں ہوتی۔ پتہ نہیں کیوں؟

ایم بی اے مکمل کرنے کے بعد میں نے اسی دفتر میں انٹرن شپ کی تھی۔ یہاں کی چکا چوند اور باس کا رعب و رتبہ دیکھ کر بہت متاثر ہوئی۔ اچانک میرے ذہن میں ایسے ہی کسی دفتر کے مالک ہونے کا احساس جاگا۔ میں نے سب طرف نظر کی تو دیکھا کہ ایسی خواہش تو ہر انسان کی ہے،۔ ہر شخص اوپر اٹھنا چاہتا ہے۔ شہرت اور پیسہ کمانا چاہتا ہے۔ اور اس کے لیے اکثر اسے بھاری قیمت بھی چکانی پڑتی ہے۔ یہ بات اس وقت میری سمجھ میں نہیں آئی تھی۔

آج میرے پاس ہر چیز موجود ہے جو میں چاہتی تھی۔ دولت، عزت، رعب، رتبہ۔ مگر ان سب کے باوجود میرے اندر ایک خلا ہے، ایک کھوکھلا پن، گہرا اندھیرا جسے محسوس تو کر سکتی ہوں لیکن اسے پُر نہیں کر سکتی۔

میرا باس عمر اور تجربے میں مجھ سے کافی بڑا تھا۔ پتہ نہیں کیسے کس پل میں اس کے سامنے کمزور پڑ گئی اور اپنی ساری ضدیں، سرکشی اور تنک مزاجی کے باوجود دنیا کی آسائشوں کو زندگی کا حاصل سمجھا اور اس کی شرطوں پر زندگی کا سودا کر لیا۔ وہ سارے اچھوتے انوکھے خواب جو ہر لڑکی کا اثاثہ ہوتے ہیں، سب دولت اور عیش و عشرت کے سیلاب میں کہیں بہہ گئے۔

''مما ہم اسکول کے لیے نکل رہے ہیں، بائے'' بچوں نے کہا۔ ''ٹیک کیئر بیٹا، بائے'' حسب معمول یہ میرا جواب تھا۔

میرے گھر کے سامنے سے گزرنے والی یہ سڑک پتہ نہیں کہاں تک چلی گئی ہے۔ جہاں تک میری نظر جاتی ہے، بالکل سیدھی سپاٹ اور ہموار۔ ایسا لامتناہی راستہ جس پر چلتے ہوئے بہت جلد تھکن اور بوریت کا احساس ہونے لگتا ہے۔ اس سڑک پر میں نے کسی کو رکتے ٹھہرتے نہیں دیکھا۔ مجھے اپنی زندگی بھی اسی سڑک کی طرح لگتی ہے، جس میں کوئی اتار چڑھاؤ نہیں۔ کوئی سگنل نہیں۔ نا ہی ٹھہرنے کے لیے کوئی وجہ۔ بس ایک سیدھا سپاٹ راستہ ہے جس پر چلتے رہنا ہے، بنا رکے بنا مڑے۔ پتہ نہیں کب تک؟

◄◄ ● ►►

● فرزانہ روحی اسلم

قلاش

جب وہ اپنی کتابِ زیست کا حساب کرنے بیٹھی، تو اسے معلوم ہوا کہ پچیس برس کے ساتھ میں جو کچھ اسے ملا ہے اس کا حاصل تنہائی ہے۔ عمر عزیز کی نقدی ٹٹولی تو اس گٹھری کو بھی خالی پایا۔ سونا چاندی روپیہ پیسہ تو تھا نہیں جو تھا اسے شادی کے ابتدائی دنوں میں بوقتِ ضرورت یا بلا ضرورت فروخت کیا جا چکا تھا۔ کتابِ زندگی میں تعریفیں، ستائشی جملے، شاباش یا اک چھوٹا سا ستارہ تک نہ تھا، جس سے بچپن میں اس کی کاپیاں بھری رہتی تھیں۔ وہ خود ہی ہنس پڑتی کہ زندگی نہ کوئی درس گاہ ہے اور شریکِ حیات استاد، کہ ہر روز شاباش اور کئی ستارے ملا کریں۔

خاوند کا یہ حال تھا کہ دن چڑھے گھر سے نکلتا اور رات گئے، گھر میں داخل ہوتا۔ یہ اس کے روز کا معمول تھا ماسوائے چھٹی کے دن کے جب وہ سارا دن سویا پڑا رہتا۔ جو شادی بیاہ، منگنی، عقیقہ اور سالگرہ کے دعوت نامے آتے انھیں وہ خود ہی نبیڑ آتا۔ کبھی نہ اسے لے کے جاتا نہ ہی ایسا کوئی خیال ظاہر کرتا۔ حالانکہ اکثر دعوت نامے گھر پہ ہی آیا کرتے۔ وہ انھیں دیکھتی اور خیالوں ہی خیالوں میں اپنا لباس ترتیب دے کر منتظر رہتی کی کب اسے جانے کا کہا جائے۔ مگر تاریخ گزر جاتی اور وہ دن اس کا منہ چڑاتا رہتا۔ وہ گھر پہ بچوں میں خود کو مشغول کر لیتی۔ اس کی امید اس وقت ٹوٹتی جب وہ رات گئے ڈکار لیتا ہوا گھر میں داخل ہوتا۔

ایک بار اس نے ایک دیرینہ سہیلی کو یاد کرتے ہوئے اس سے ملاقات کا شوق ظاہر کیا تو اس نے فیصلہ سناتے ہوئے کہا۔ ''ہم سوشل لائف افورڈ نہیں کر سکتے۔'' وہ تب اس بات کا مطلب اپنے ذھن میں کھوجتی ہی رہ گئی تھی۔ چھ اولاد کی مصروفیات میں خود کو بہلائے رکھتی۔ وہ جیسے جیسے بڑے ہوتے گئے، وہ بھی ان کے ساتھ ہی سنبھلتی رہی، گویا شجرِ حیات ایک بار پھر سرسبز و شاداب ہونے لگا تو اس کے خاوند کو فکر ہوئی اور شک کا ناگ پھن اٹھانے لگا۔

کون یقین کرے گا اس بات کا کہ وہ اسے سمجھ نہ سکی تھی۔ یا وقت بدل گیا تھا، یا پھر اس میں بدلاؤ آ گیا تھا۔ یہی وہ بات تھی جو وہ اکثر خود سے پوچھتی۔ اس سے پہلا سوال یہی کیا جاتا جب اس کا کیریئر تھا اور اس نے تہیہ کر رکھا تھا کہ کہ شادی کے بعد ملازمت نہیں چھوڑے گی، جسے اس نے سخت محنت، جدو

جہد، اور مقابلہ کر کے حاصل کیا تھا، تو اب کیوں پیشہ کے خانے میں ''امورِ خانہ داری'' لکھتی ہے۔ اس کے وہم وگمان میں بھی نہ تھا کہ ایک دن اسے کردار کشی کا سامنا کرنا پڑے گا۔ وہ بھی اس کی طرف سے جسے اس نے خاندان کی مخالفت کے باوجود اپنی زندگی میں شامل کیا تھا۔ وہ ہکا بکا رہ گئی۔ آئے دن کے طنز و تیر نے اسے صدمے سے ادھ مرا کر دیا تھا۔ کئی بار اس نے سوچا واپس میکے چلی جائے تاہم اس نے جب بھی ایسا قصد کیا اپنی ماں کو اپنے دروازے پہ کھڑا پایا۔ وہ سب کچھ بھول کر ماں کی مہمان نوازی میں جت جاتی۔ ایسی ہی آنکھ مچولی جاری تھی کہ ایک دن منا بھی گود میں آ گیا۔ اب تو اس کا خاوند آتے جاتے کہتا۔ ''منا کیسے پلے گا؟'' یعنی اسے ڈر لاحق رہتا تھا کہ کسی دن وہ ضرور اپنے حالات سدھارنے کا بہانہ کر کے ملازمت کی تلاش میں نکل کھڑی ہوگی۔ منے کے حوالے سے وہ ہمیشہ ایک ہی بات کہتی کہ ''منا ویسے ہی پلے گا جیسے میں پلی بڑھی ہوں۔'' وہ اس کا مطلب نہیں سمجھ پاتا یا سمجھنا ہی نہیں چاہتا۔ بس اتنا جانتا تھا کہ اس کے خاندان میں عورت نہ پڑھتی ہے نہ گھر سے باہر نکلتی ہے اور اسے بھی یہی جاہلانہ رواج پسند ہے۔

ایک کے بعد ایک کی لائن لگتی گئی گویا اس کا کام اب آبادی میں اضافہ کرنا رہ گیا تھا۔ تاہم وہ اس وقت بلبلا جاتی جب کسی بچے کا دودھ ہوتا نہ پیمپر، اک بسکٹ مانگتا تو دوسرا ڈبل روٹی، تیسرے کو دو انڈے چاہئے تو پانچویں کو کیک، دوغٹا غٹ سارا دودھ پی جاتے پھر سارا دن ریں ریں کرتے۔ ہر وقت وہ حساب کتاب ہی کرتی اور شوہر آ کر پوچھتا کل جو ڈھیر سارا سامان آیا تھا کہاں گیا؟ اپنے ڈھیر سارے بچے کو نہیں دیکھتا اس کے خیال میں جو ہوا پی کر زندہ تھے۔

وہ وقت کی چادر میں پاؤں چھپاتی رہی۔ دیکھتے ہی دیکھتے سب ایک ساتھ بڑے ہو گئے۔ کبھی اخراجات اور شوہر کے حساب کتاب سے تنگ آ کر وہ کوئی ملازمت کر لیتی، اس وقت بچوں کو ان کی نانی سنبھالتی، جسے چار چھ ماہ بعد اسے چھوڑنا پڑتا۔ کیوں کہ خاوند کی جانب سے پیسے کا مطالبہ شروع ہو جاتا۔ اسے قطعی یہ منظور نہ تھا کہ کما کر گھر کے اخراجات پورے کرنے کے بجائے شوہر کو تھما دے۔ وہ بھی ایسے خاوند کے جس کے خاندان میں عورتوں کو کچھ دینے کا رواج ہی نہ تھا۔ اور وہ ایسے گھر کی تھی جہاں محبت، توجہ، ستائشی جملے، اچھے القاب اور وہ سب کچھ جس کی عورتوں کو آرزو ہوتی، برسات ہوتی رہتی تھی۔

اب وہ بار بار کہتا کہ ''کیوں تعلیم یافتہ ہو کر گھر میں پڑی رہتی ہے۔ بچے بڑے ہو گئے خود کو دیکھ لیں گے، اپنے کسی پرانے دفتر کو جوائن کر لو۔'' وہ اسے خشمگیں نگاہوں سے دیکھتی ہوئی کہتی، ''تمھاری دنیا الٹی کیسے چلنے لگی ہے۔ جیسے پہلے گزارا ہوتا رہا ہے اب بھی ہو جائے گا۔ مجھے کون سا چاند پہ پلاٹ خریدنا ہے۔'' سارا دن گھر میں پڑی اپنی سابقہ زندگی سے روشنی کشید کرتی رہتی۔ اسے اس حال میں دیکھ کر اس کا شوہر حیران ہونے سے زیادہ شکوک میں مبتلا ہو جاتا۔ کہ وہ جانے کس کے خیالوں میں غرق رہتی ہے۔ وہ اس کی روز بروز بڑھتی

ہوئی بلڈ پریشر،شوگر،سر درد کی دواؤں کی بڑھتی ہوئی مقدار دیکھنے کے بجائے،اپنے شبہات میں اضافہ کرتا چلا جاتا۔کسی کا بھی نام یا خیال اس کی زبان پر آتا اسے وہ اس کی پیشانی پر ٹانک دیتا۔

پچیس برس بیت چکے تھے اسے یہ سنتے ہوئے کہ اس کا ہر عمل،تمام طور طریقے غلط ہیں۔اسے تو کچھ آتا ہی نہیں۔اولاد سے کوئی غلطی ہو جائے تو اس کا الزام بھی اسی کے سر تھوپ دیا جاتا۔کبھی کبھار وہ سوچتی کہ یا تو اس کا شوہر کم حوصلہ ہے یا وہ بے بس۔ان کی زندگی کی گاڑی اب تک کیسے چل رہی ہے۔اس جیسے کئی سوالات وہ خود سے کرتی ہوئی اس نتیجے پر پہنچی کہ کچھ لوگوں کو اپنی کمی کا اندازہ ہوتا ہے اور دوسرے یہ کہ ایسے لوگوں کے پاس کسی کو دینے کے لیے کچھ نہیں ہوتا۔وہ عورت کو گالی تو دیتے ہیں لیکن طلاق نہیں دیتے،البتہ اس بات کے منتظر رہتے ہیں کہ دوسرا فریق خود خلع لے۔ان کی فطرت میں دینا ہوتا ہی نہیں،چاہے وہ طلاق ہی کیوں نہ ہو،اور طلاق کی صورت میں تو مال واسباب کی واپسی بھی ہوتی ہے۔طلاق بھی تو دینی پڑتی ہے تحریری یا زبانی طور پہ ہی سہی۔تب اس نے اپنے سسرال کی تاریخ کھنگالی تو علم ہوا کہ ان کے خاندان میں کبھی کسی کو طلاق نہیں دی گئی البتہ خلع لینے والیاں بے شمار تھیں۔دینے کے جملہ معاملات میں وہ خاندان ''قلاش'' تھا۔

◀◀ ● ▶▶

● شوبی زہرا نقوی

زخمی پرندہ

انسان جینے اور سکون حاصل کرنے کے لیے کیا کچھ نہیں کرتا کبھی خود حالات کے مطابق ڈھلتا ہے اور کبھی حالات کو اپنے مطابق ڈھال لیتا ہے۔ کبھی خوش وخرم رہتا ہے اور کبھی حالات کے آگے بے بس و مجبور ہو جاتا ہے۔ لیکن نہیں معلوم یہ وقت کا جابرانہ رویہ ہے یا حالات کی ستم ظریفی کہ انسان کی زندگی میں ایسے لمحات بھی آتے ہیں جب انسان زندگی گزارتا ہے موت کے لیے...... اور موت کو یاد کرتا ہے سکون کے لیے۔ بارہ دری میں بچھی ہوئی چارپائی پر لیٹے ہوئے میر سرفراز عبداللہ کے چہرے پر نظر پڑتے ہی میرے اندر کا پرندہ پھڑ پھڑا اٹھا اور میں یادوں کے حسین تاج محل میں پہنچ گئی۔ جہاں چچا میر سرفراز عبداللہ ایک شہزادے کی طرح ڈیوڑھی پر موجود ہوتے۔ حویلی میں چاروں طرف نوکر چاکر اپنے اپنے کاموں میں مصروف رہتے تھے۔ چچا حویلی میں ادھر سے ادھر حکم چلاتے پھرتے۔ لیکن کس کی مجال تھی جو چچا کی نافرمانی کردے اور انھیں نگاہ بھر کر دیکھ لے۔

ابھی میں تخیلات کی سیر پر نکلی ہی تھی کہ گولی کی آواز کے ساتھ ایک پرندہ پیڑ سے بارہ دری میں آگرا اور میں ایک جھٹکے سے تخیلات کی دنیا سے حقیقی دنیا میں لوٹ آئی۔ گولی کی آواز سے سوئے ہوئے چچا کا جسم تھرتھرا گیا اور میرے ذہن ودل پر ایک عجیب سالرزہ طاری ہو گیا۔ کہ یکا یک بینڈ اور باجے کی آواز نے چاروں طرف شادمانیوں کے نغمے بکھیرنے شروع کر دیے۔ اور ڈھول اور جھانجھر سے فضا مسرور ہو اٹھی۔ اتنے میں چچی اندر سے گہنا گئے سورج کی طرح نمودار ہوئیں۔ میں نے سلام کیا۔ انھوں نے جواب دیتے ہوئے فرطِ مسرت سے مجھے سینے سے لپٹا لیا اور بٹھاتے ہوئے بولیں۔

''ویرپال کے پوتے کی بارات چڑھ رہی ہے۔ کئی روز سے تیاریاں ہو رہی تھیں، آج کل پورے گاؤں میں اسی کا چرچا ہے۔''

''ویرپال......کون ویرپال......؟'' میں نے ذہن سے وقت کی گرد کو صاف کرتے ہوئے پوچھا۔

''ہمارے یہاں جو چمن کی دیکھ بھال کرتا تھا۔'' چچی نے یاد دلاتے ہوئے کہا۔

''اچھا ویرو کاکا!''

''ہاں! بیٹی وہی۔ نہ اب چمن رہا اور نہ اس کا مالی۔ خزاں نے ہر شے کو اپنے لپیٹے میں لے لیا ہے ۔ ساری بہاریں روٹھ گئیں۔'' یہ کہتے کہتے ان کی آنکھیں بوجھل ہو گئی۔ وہ آنکھوں کو صاف کرتے ہوئے بولیں۔

''اس کا پوتا اب مکھیا ہے'' اس کے بعد وہ اپنی جھکی ہوئی کمر کو تھامے چچا کی پائیتیوں بیٹھ گئیں۔ اور ایک بار پھر میں سوچنے لگی۔

زندگی کی ہر چال اپنے بس میں نہیں ہے وقت کی بساط پر قسمت کا مہرا کب کون سی چال چل جائے معلوم ہی نہیں ہو سکتا۔

دن کے اجالے پر رات کی سیاہی پھیل چکی تھی اور موسیقی کی تیز آواز فضا میں پھیلے ہوئے سناٹوں پر قابض ہونے لگی تھی۔ میں بھی بارات کا نظارہ کرنے کے لیے چوکھٹ کی آڑ لے کر کھڑی ہو گئی۔ لیکن اب بھی بیتے ہوئے دن میرے ذہن کے تاروں پر رواں دواں تھے۔

رات کی تاریکی کو چھانٹتی ہوئی ویرپال کے پوتے ہریش کی بارات جب میر سرفراز عبداللہ کی حویلی کے سامنے پہنچی تو روشنی سے منور ہوا ٹھی ہر چیز کو دیکھ کر لگتا تھا جیسے سورج سلامی کے لیے نکل آیا ہو۔ موسیقی کی تیز آواز نے ہر شے میں اس طرح ارتعاش پیدا کر دیا تھا جیسے ہر ذی اور غیر ذی روح بارات کا جشن منا رہی ہو۔ دولہا کو دیکھ کر یوں محسوس ہوتا تھا جیسے ستاروں کی چھاؤں میں سفید گھوڑوں سے آراستہ ومزین رتھ پر راجہ اندر کی سواری نکل رہی ہو۔ چاروں طرف عوام اور خادمین کا مجمع تھا۔ رتھ کے آگے آگے خواص اور پیچھے پیچھے اندریاں خوبصورت ملبوسات میں جلوہ گر پھولوں کی بارش کر رہیں تھیں ۔ دوست ، احباب جھوم جھوم کر شاد ماں ہو رہے تھے اور مجمع میں موجود خاص لوگ دولہا کے اوپر سے پیسے نچھاور کرتے ہوئے ہوا میں اچھال کر اپنی خوشی کا اظہار کر رہے تھے۔ جس سے ناچنے گانے والوں میں ہڑ دنگ مچ جاتا اور پیسے لپکنے کے لیے لوگ ایک دوسرے پر گر گر پڑتے تھے۔ ہریش کچھ وقت پہلے ہی اعلیٰ تعلیم حاصل کر کے گاؤں لوٹا تھا اور گاؤں میں ہونے والے الیکشن جیت کر گاؤں کا مکھیا بن گیا تھا، یہی وجہ تھی کہ ہریش کا پورے گاؤں میں چرچا تھا اور لوگ گھروں سے نکل نکل کر بارات کی منھ دکھائی کر رہے تھے۔

برسوں سے اجڑتی جا رہی حویلی سے میر سرفراز عبداللہ کا سات سال کا پوتا عاطف بھی کرتہ پاجامہ اور سر پر ٹوپی لگائے ہوئے بارات کی سلامی کے لیے نکل آیا تھا۔ بارات حویلی کے قریب رُکی تو حویلی جو آثار قدیمہ بن گئی تھی کے در و دیوار میں لرزش پیدا ہو گئی ، بنیاد لڑکھڑانے لگی اور وقت کی گرداب سے حویلی پر پڑیں جھریاں نمایاں ہونے لگیں، حویلی کی یہ لرزش صرف شور و غل کی وجہ سے نہیں تھی بلکہ بہت کچھ اضطرابی کیفیت گزری ہوئی یادوں کا ماتم تھی جو حویلی اپنے پرانے دنوں کو یاد کر کے کر رہی تھی۔ کیونکہ اسی حویلی کا ایک وقت وہ بھی تھا جب یہاں کی

اینٹ اینٹ جوان تھی اور ہر خاص و عام کی نگاہ اسی پر ٹھہر جاتی تھی۔ میر سرفراز عبداللہ کے والد میر شیخو گاؤں کے مکھیا تھے۔ان کے یہاں گاؤں کے لوگوں کا جمگھٹا لگا رہتا تھا۔ ہر وقت نوکر چاکر گھر کے کاموں میں مصروف رہتے تھے کسی کے لیے چائے بن رہی ہے تو کسی کے لیے سلفہ تیار ہورہا ہے تو کوئی چلم بھر رہا ہے۔ یہ وہ وقت تھا جب گاؤں کے بڑے بڑے لوگ بلا کسی تفریق کے ایک ساتھ بیٹھ کر کسی کی بخیہ ادھیڑتے اور رفو کرتے تھے۔

میر سرفراز عبداللہ جب اس حویلی سے بارات لے کر نکلے تھے اس وقت یہ حویلی نئی نویلی دلہن کی طرح سجائی گئی تھی۔حویلی کے بارہ دروں سے صدقہ دیا گیا تھا۔ ماں اور بزرگ عورتیں بلائیں لے لے کر دعائیں دے رہی تھیں۔رشتہ دار، دوست واحباب قیمتی لباس زیب تن کیے ہوئے تھے۔ بہنوں نے نیگ مانگنے کے لیے بھائی کو گھیر لیا تھا۔ کمین اور رزالے اپنا حصہ لینے کے لیے جمع تھے۔ میراثنیں شادمانیاں گا رہیں تھیں۔غرض کہ پوری حویلی میں ایک ہنگامہ تھا۔ میر سرفراز عبداللہ کی بارات جس وقت حویلی سے نکلی تھی یوں محسوس ہوتا تھا کہ ایک عظیم الشان شہنشاہ قلع فتح کر نے کے لئے نکلا ہے اور لوگ اس کی متوقع کامیابی کا جشن منا رہے ہیں۔ میر صاحب چوڑی دار پاجامہ اور شیروانی پہنے ہوئے دوست واحباب کے ساتھ گھوڑے پر آگے آگے تھے اور سپاہی ہاتھ میں بھالے لیے ہوئے پیچھے پیچھے تھے۔گاؤں کا عام اور خاص ہر آدمی بارات میں شامل تھا۔ اگلے روز میر شیخو نے پورے گاؤں کو اصلی گھی میں پکا ہوا دعوت ولیمہ دیا تھا۔ یہ گاؤں کی پہلی شادی تھی جس میں کھانے کا اتنا اہتمام کیا گیا تھا۔ یہی وجہ تھی کہ آج تک اس بارات کے چرچے لوگوں کی زبان پر تھے اور لوگ قصہ کہانی کی طرح اپنے بچوں سے اس بارات کا ذکر کیا کرتے تھے۔لیکن آج یہ حویلی اپنی کشش کھو چکی تھی۔گرداب بلا نے حویلی کی بنیاد میں دیمک لگا دی تھی۔ درودیوار کی مٹی جھڑنے لگی تھی اور چھت کمزور ہوتی جا رہی تھی۔ میر سرفراز عبداللہ کے پوتے احمد اور عاطف نے تو ہمیشہ سے حویلی کی نیو کو بیٹھتے ہوئے ہی دیکھا اور جب سے میر سرفراز عبداللہ کے اکلوتے بیٹے میر مشتاق عبداللہ فرقہ وارانہ فساد کا شکار ہوئے اس وقت سے تو جیسے اس حویلی کا براوقت شروع ہو گیا تھا۔ بیٹے کی موت نے ہاشمی بیگم کو وقت سے پہلے ہی ضعیف کر دیا تھا۔ بہو نور جہاں نے خاموش رہ کر خود کو گھر کی چہار دیواری میں قید کر لیا تھا۔ جوان بیٹے کی موت سے میر سرفراز عبداللہ کی کمر جھک گئی تھی۔ وہ جھکی ہوئی کمر سے بیٹے کی لاش کے بعد پانچ بچوں کی مسلسل ذمہ داری کا بوجھ تو ڈھوتے رہے لیکن اب ان کی طبیعت خراب رہنے لگی تھی۔ اسی لیے تمام جائداد آہستہ آہستہ وقت کی نذر ہوتی جا رہی تھی اور نوبت یہاں تک پہنچ گئی تھی کہ گھر کا خرچ بھی مشکل سے چلتا تھا۔ تمام جائداد میں صرف یہ حویلی بچی تھی وہ بھی اب عجیب اور متغیر حالت میں تھی اور بارات کے شور سے چیخ اٹھی تھی اور نہ صرف حویلی بلکہ بستر پر پڑے ہوئے میر سرفراز عبداللہ بھی زخمی پرندے کی طرح پھڑ پھڑا اُٹھے تھے۔ ان کو دیکھ کر لگتا تھا کہ جیسے شور وغل سے دل کا دورہ پڑ رہا ہے۔ جب سے میر مشتاق فساد کا شکار ہوئے تھے اس وقت سے وہ شور وغل سے اضطرابی کیفیت میں مبتلا ہو جاتے تھے۔ اسی اضطرابی کیفیت میں انھوں نے احمد کو آواز لگائی۔ لیکن شور وغل کی وجہ سے ان کی آواز کی کسی تک رسائی نہ ہو سکی اور وہ بے بس ہو کر بستر پر گر گئے کہ

اچانک اینٹوں کے گرنے کی آواز نے سب کو چونکا دیا۔ سب آنگن کی طرف دوڑے۔ تیز آواز کی تھرتھراہٹ سے ایک درنیست ونابود ہوگیا تھا اور میر سرفراز عبداللہ اضطرابی حالت میں بستر پر تڑپ رہے تھے۔ احمد نے جب دادا کو تڑپتے دیکھا تو ان کے پاس پہنچ کر ان کو سنبھالنے کی کوشش کی۔ احمد سمجھ گیا تھا کہ زیادہ شوروغل کی بدولت دادا کی حالت مضطرب ہے اور اسی لیے وہ تیزی سے دروازے کی طرف دوڑا، تاکہ شور کو بند کرا سکے۔ لیکن میر سرفراز عبداللہ کی لڑکھڑاتی آواز نے اسے باہر جانے سے روکا اور انھوں نے احمد کے ہاتھوں کو اپنے دونوں ہاتھوں میں جکڑ لیا۔ احمد باہر جانا چاہتا تھا لیکن دادا کی بگڑتی حالت نے اسے وہیں بیٹھے رہنے پر مجبور کر دیا۔ میر سرفراز عبداللہ کو شاید فساد کی یاد آ گئی تھی ان کے دل پر خوف طاری ہوگیا تھا اور اسی لیے انھوں نے احمد کو سینے سے لپٹا لیا۔ وہ احمد کو باہر جانے نہیں دینا چاہتے تھے پھر انھیں اس بات کا علم بھی تھا کہ اب یہ آوازیں دھیرے دھیرے پورے معاشرے پر چھا گئی ہیں اسی لیے اس آواز کو کم کرنا مشکل ہے۔

میر سرفراز عبداللہ پر اس شوروغل سے اور لرزہ طاری ہوتا جارہا تھا۔ انھوں نے سب کو اپنے پاس اکٹھا ہو جانے کو کہا۔ لیکن پوری حویلی میں عاطف کا کہیں پتہ نہیں تھا۔ وہ عاطف کو دیکھنا چاہتے تھے اسی لیے بار بار عاطف کے بارے میں پوچھ رہے تھے۔ بارات حویلی سے آگے بڑھ گئی تھی۔ احمد عاطف کو حویلی میں تلاش کرنے کے بعد باہر نکل گیا تھا لیکن حویلی کے باہر بھی عاطف کا کہیں نام ونشان نہیں تھا اس نے عاطف کو چارو ں طرف دیکھا اور پھر وہ عاطف کو ڈھونڈتے ڈھونڈتے حویلی سے دور بارات کی بھیڑ تک پہنچ گیا کہ تبھی اچانک اس نے دیکھا ناچتی گاتی بھیڑ میں سے کسی نے عاطف کو باہر کی طرف دھکا دیا ہے۔ احمد نے بڑھ کر اس کو سنبھالا۔ عاطف کے چہرے پر ہنسی تھی۔ احمد نے عاطف کے کپڑے درست کیے اور ہاتھ پکڑ کر گھر کی طرف لے جانے لگا۔ احمد نے دیکھا کہ عاطف کی مٹھی بند تھی۔ اس نے عاطف کی بند مٹھی کو ہی پکڑا اور گھر میں داخل ہوگیا۔ میر سرفراز عبداللہ نے عاطف کو آتے دیکھا تو کچھ سنبھل کر بیٹھنے کی کوشش کی کہ تبھی اچانک احمد نے عاطف سے مٹھی کھولنے کے لیے کہا اور نہ کھولنے پر زبردستی اس کی مٹھی کھول دی۔ عاطف کی مٹھی سے چند سکے پھسل کر زمین پر رقص کرنے لگے جنھیں وہ بارات سے لوٹ کر لایا تھا۔ احمد نے آگے بڑھ کر دادا کو سنبھالنے کی کوشش کی، لیکن میر سرفراز عبداللہ سے سنبھلا نہ گیا اور وہ سنبھلتے سنبھلتے بستر پر گر پڑے۔ پیسوں کی کھنکھناہٹ نے ان کے پورے وجود میں ہلچل مچا دی تھی اور پھر اسی بے چینی کے عالم میں انھوں دو ہچکیاں لی اور آنکھیں بند کر لی۔ وقت کی شاخ پر بیٹھا ہوا یہ زخمی پرندہ سانسوں کی ڈور کو توڑتا ہوا ابدی نیند میں ڈوب گیا۔

◀◀ ● ▶▶

● ابصار فاطمہ

دوبوری عزت

وہ اپنی پانچ چھ بکریوں کو لیے گھومتی گھامتی گاؤں سے ذرا دور نالے تک نکل آئی تھی۔ چلتی جاتی تھی اور ہر ہر چیز کو غور سے دیکھتی جاتی تھی۔ کسی چیز کو دیکھنے میں زیادہ مگن ہوتی تو ارد گرد کا دھیان ہی نہیں رہتا تھا۔ اب بھی جھاڑی میں لگے ایک جالے کو دیکھنے میں میں لگ گئی جس پہ ایک مکڑی بیٹھی تھی اور ادھر ادھر منڈلاتی مکھی کو پکڑنے کی کوشش کر رہی تھی۔ مکھی قریب آتی تو مکڑی بھی آگے بڑھ کے حملے کی کوشش کرتی اور مکھی فوراً پیچھے ہو جاتی۔ کچھ دیر یہی آنکھ مچولی چلتی رہی پھر آہستہ آہستہ مکڑی جالے سے بھی باہر نکل آئی اور جھاڑی پہ چلتے چلتے مکھی کو پکڑنے کی کوشش کرتی رہی۔ مکھی کو اندازہ بھی نہیں ہو پایا اور مکڑی سے بچنے کی کوشش میں وہ عین جالے کے پاس آگئی۔ مکڑی ایک دم جھپٹی تو مکھی پیچھے ہوتے ہی جالے میں پھنس گئی۔ مکھی کو پتا ہی نہیں چلا تھا کہ مکڑی اسے جان بوجھ کے جالے تک لے آئی تھی۔ وہ یہ کشمکش دیکھنے میں اتنی محو تھی کہ مکڑی کے جھپٹنے پہ ایک دم اچھل گئی۔

''اے جیجل۔''

اچانک ایک آواز نے اسے چونکا دیا۔ ان نے مڑ کے دیکھا تو چاچا رحمت کھڑا تھا۔ وہ ایک دم خوش ہوگئی۔

''چاچا کیا لایا شہر سے میرے لیے؟''

''یہ لے شہر سے رنگین کلپ لایا ہوں جیسے شہر میں تیری جیسی بچیاں لگاتی ہیں۔ دیکھ ان پہ چھوٹی چھوٹی گڈیاں بھی بنی ہیں۔'' چاچا رحمت نے کلپ اس کے ہاتھ میں پکڑا کر اسے اپنی گود میں بٹھالیا۔ چاچا رحمت اس کا سگا چاچا نہیں تھا مگر گاؤں کا رواج تھا کہ ہر بڑے کو چاچا ہی کہہ کر بلایا جاتا تھا۔ چاچا کہتا تھا کہ جیجل دنیا کی سب سے پیاری بچی ہے۔ وہ شہر جاتا تھا تو اپنے بچوں کے لیے کچھ لائے یا نا لائے مگر جیجل کے لیے کچھ نا کچھ ضرور لاتا تھا۔ سات سالا چھوٹی سی جیجل کو چاچا رحمت بہت پسند تھا۔ اس کے پاس جیجل کی وہ لامتناہی بے سرو پا باتیں سننے کے لیے بہت وقت تھا جو کبھی اماں ابا نے نہیں سنیں۔ ابا تو سارا دن باہر ہوتا تھا۔ کچھ وقت کھیتوں میں گزار کر باقی وقت گاؤں کے ہوٹل پہ باقی مردوں کے ساتھ باتوں میں یا مرغے لڑا کے

گزارتا تھا۔ اماں صبح صبح تو کھیتوں پہ کام کے لیے جاتی تھی۔دوپہر کو واپس آکر جو گھر کے کاموں لگتی تو ان کا اختتام مغرب کو اندھیرا پھیلنے کے بعد بھی مشکل سے ہوتا تھا۔بس شام میں جس وقت ابا کچھ دیر کے لیے گھر آتا تھا وہ وقت اماں کے کام سے بریک کا ہوتا کیوں کہ روز کسی فریضے کہ طرح اماں ابا کسی نا کسی بات پہ لڑتے ، ابا اماں کو مارتا بیچ میں ماں کو بچانے کی کوشش کرتی۔جیجل کے بھی ایک دو لاتیں گھونسے پڑ ہی جاتے۔اور اماں بھی بعد میں اپنا غصہ نکالنے کے لیے بھی جیجل کو ہی مارتی تھی۔وہ دونوں تو اس جنگ کے بعد اپنے معمول کے کاموں میں لگ جاتے اور جیجل کسی کونے میں بیٹھی سسکتی رہتی۔اماں، ابا کو تازی روٹی بنا بنا کر دیتی جاتی اور سارے دن کی روداد سناتی جاتی جو ابا ہوں ہاں کر کے سنی ان سنی کرتا رہتا۔

اب جیجل نے روز کی مار سے بچنے کا یہ حل نکالا تھا کہ اسکول سے آکر وہ یا تو محلے کے بچوں کے ساتھ گلی ڈنڈا وغیرہ کھیلنے نکل جاتی یا بکریاں لے کے گاؤں اور اس کے اردگرد کے علاقے میں چراتی پھرتی تھی۔اتفاق ایسا ہوتا کہ چاچا رحمت بھی کہیں نا کہیں سے نکل آتا اور اپنی گود میں بٹھا کر دنیا جہان کے قصے سناتا اور اس کی سنتا۔اسے چاچا رحمت کے پاس رہنا اچھا لگتا تھا مگر جب وہ ادھر ادھر سہلاتا تھا تو بہت عجیب لگتا تھا جیسے جسم پہ کیڑے مکوڑے رینگ رہے ہوں۔

آج بھی جیجل باتوں میں لگی تو وقت گزرنے کا احساس ہی نہیں ہوا۔شام سے رات ہوگئی۔وہ جب واپسی کا سوچتی چاچا کوئی دلچسپ قصہ شروع کر دیتا۔

شام ڈھلنے لگی تو اماں کو غصہ آنے لگا۔انہوں نے سوچ لیا کہ آج تو ہر حال میں ابا سے کہہ کر اس کو ایسا سیدھا کروائیں گی کہ پھر دوبارہ دیر کرنے کی ہمت نہیں کرے گی ، باہر جانے سے روک وہ سکتی نہیں تھیں کیونکہ اگر جیجل نہ جاتی تو انہیں بکریاں لے کے جانا پڑتا جس کا انہیں وقت ہی نہیں ملتا تھا۔مگر جب شام گہری ہوکر رات میں بدل گئی تو ابا اور اماں دونوں کو تشویش ہونے لگی۔ایک تو لڑکی ذات پھر آج کل تو حالات بھی ایسے ویسے ہی تھے۔اماں کو ہول اٹھنے لگے۔ان کے ذہن میں بار بار دو مہینے پہلے والا واقعہ آنے لگا جب ساتھ والے اسی گاؤں میں ایک بچے کے ساتھ غلط کام کر کے اس کا گلا دبا کے کھیتوں میں پھینک گئے تھے۔اماں اور ابا واقعی بہت پریشان ہو گئے تھے۔پہلے تو دونوں نے محلے کے گھروں میں پتا کیا پھر ابا ہوٹل پہ بیٹھے لوگوں سے پوچھنے گاؤں سے باہر چلا گیا۔

زیادہ تر کو تو پتا ہی نہیں تھا۔ایک دم بشیر کو یاد آیا۔

''تو رحمت سے پوچھ کے دیکھ وہ عموماً اسی کے ساتھ ہوتی ہے۔''

''عموماً ساتھ ہوتی ہے کیا مطلب؟'' ابا کی پریشانی اور بڑھ گئی۔رحمت کی شہرت اچھی نہیں تھی۔ وہ کافی عرصے سے الٹے سیدھے کاموں میں ملوث ہوتا تھا۔

''ہاں کئی دفعہ ہم نے اسے جیجل کے ساتھ دیکھا ہے۔''

''تو تم نے پہلے کیوں نہیں بتایا مجھے؟''

''لو تم تو مجھ پہ ہی ناراض ہو گئے۔میں نے سوچا کہ بچی ہے، اس کا کیا بگاڑے گا۔''

''ابھی کسی کو پتا ہے کہ رحمت کہاں ہے؟'' ابا نے بحث کرنے سے بہتر سمجھا کہ پہلے جیجل کو ڈھونڈ لے۔

''ہاں وہ تو جب میں ادھر آ رہا تھا تو نالے کی طرف جاتا نظر آیا تھا شام میں۔'' بچل نے بتایا تو ابا فوراً نالے کی طرف چل دیا۔نالے سے کچھ ہی آگے گیا ہوگا کہ ابا کو چاند کی روشنی میں دھندلا دھندلا سا رحمت بیٹھا نظر آ گیا۔وہ مشکوک انداز میں کچھ کر رہا تھا۔کچھ اور قریب گیا تو اس کی گود میں سوتی جیجل بھی نظر آ گئی۔رحمت کا ہاتھ اس کی فراک میں تھا۔ابا غصے میں آپے سے باہر ہو گیا۔آگے بڑھ کے رحمت کو گریبان پکڑ کے اٹھا لیا۔جھٹکے سے جیجل کا سر زمین پہ لگا اور وہ ایک دم جاگ گئی۔ابا کو غصے میں دیکھ کر وہ فوراً گھر کی طرف بھاگی جبکہ ابا رحمت کو مارتا ہوا گاؤں کے بیچ لے آیا۔شور سن کے سب ہی جمع ہو گئے۔سب غصے میں رحمت کو لعن طعن کرنے لگے۔کچھ بڑوں نے آگے بڑھ کے معاملہ سنبھالا اور فیصلہ اگلے دن جرگہ میں کرنے کا مشورہ دے دیا۔ایک رات کے لیے رحمت کو وڈیرے کی بیٹھک میں بند کر دیا گیا۔

اگلی شام پھر گاؤں والے جمع ہوئے۔ابا ابھی بھی غصے میں تھا اس کا کہنا تھا کہ ابھی اور اسی وقت رحمت کو پولیس کے حوالے کر کے پرچہ کٹوایا جائے۔پہلے تو جرگہ اسے سمجھاتا رہا پھر ایک دم وڈیرے کو غصہ آ گیا۔

''تمہیں شوق ہے پولیس تک معاملہ پہنچا کر برادری کی عزت اچھالنے کا تو شوق سے جاؤ ہمیں پھر بڑا بنا کے بٹھانے کی کیا ضرورت ہے۔جاؤ جا کر اخباروں میں بھی اپنی عزت کا تماشا لگوا لو۔'' ابا فوراً معافیاں مانگنے لگا۔اسے پتا تھا جرگے کا فیصلہ نہ ماننے مطلب برادری اور گاؤں دونوں چھوڑنا ہے۔ابا کی حامی بھرنے پہ وڈیرا رحمت سے مخاطب ہوا۔

''کیوں رحمت تو بتا؟ کریں تجھے پولیس کے حوالے یا یہیں معاملہ ختم کریں۔'' رحمت نے ہاتھ جوڑ دیے۔

''سائیں آپ کے حکم سے سرتابی کی مجال ہے کیا؟ جتنی گندم کہیں میں دینے کو تیار ہوں۔''

''نہ رحمت نہ۔عزت کا بدلہ عزت۔تیری بھی تو بیٹی ہے ایک۔جیجل کے باپ مولا بخش کو عوضے میں دینی ہوگی۔''

''سائیں میرا جرم اتنا بڑا نہیں ہے کہ میری بیٹی عوضے میں دی جائے۔اور پھر یہ معاملے تو گندم کی بوری پہ طے ہو ہی جاتے ہیں۔'' رحمت نے شاید کسی پرانے فیصلے کا حوالہ دیا تھا۔

''ہو جاتے ہیں مگر یہ لڑکی ذات کا معاملہ ہے۔'' رحمت گڑگڑانے لگا۔ اتنے میں ایک سولہ سترہ سال کا لڑکا ہجوم میں سے نکل کے آگے آیا۔

''وڈیرہ سائیں! معاملہ ختم کریں۔ دو بوری گندم کافی ہے۔ ویسے بھی مرد کی ذات تو عورت سے بڑی ہوتی ہے ناں، تو بس جتنی میری عزت کی قیمت لگائی تھی اتنی کافی ہے۔ آپ کی دی ہوئی دو بوری گندم ابھی پڑی ہے میرے گھر میں...... نہیں اترتی وہ کسی کے حلق سے لے لیں، کسی اور کی عزت کی قیمت بنا کے۔''